Cascade POLICIER

COLLECTION
Cascade

LE COMMANDEUR

MICHEL HONAKER

LE CHANT DE LA REINE FROIDE

RAGEOT-ÉDITEUR

Collection dirigée par Caroline Westberg

Couverture : Nicollet

ISBN 2-7002-2379-9
ISSN 1142-8252

À la mémoire du comédien
Peter Cushing
inspirateur du présent personnage.

PROLOGUE

Quelque part sur la banquise…

Depuis des heures, les traîneaux avançaient dans la semi-pénombre de la nuit polaire, suivant le tracé déchiqueté de la côte. Les hommes boudinés dans leurs anoraks peinaient, minuscules virgules noires courbées sous les assauts du blizzard. À peine si l'on distinguait en contrebas la baie noyée dans les vapeurs. Toute conversation, hormis par gestes, était depuis longtemps devenue impossible. Qu'importait d'ailleurs : guetté par l'épuisement, nul ne songeait plus à s'enquérir de son voisin. Les visages ombrés de mauvaise barbe blêmissaient sous l'effort, les bouches meurtries par le givre grimaçaient.

Des jours que l'expédition allait ainsi, sous les nuages couleur de plomb, bravant les températures inhumaines et le relief accidenté... Pourtant le professeur Knud Anderson ne voulait pas ralentir l'allure. Juché à l'arrière de son traîneau, il donnait du fouet sans relâche, poussant les chiens au-delà de leurs limites. Lui-même ne s'épargnait guère, n'hésitant pas à hisser attelage et nacelle à la force des bras si par malheur le chemin devenait par trop escarpé.

Encourageant ses compagnons, il ne quittait pas des yeux la piste étroite que lui indiquait le guide inuit accroupi sur les ballots. Étroite et peu sûre, elle sinuait maintenant entre des hummocks[1] béants, évoquant quelque épouvantable mâchoire figée et l'abîme plongeant dans les eaux émeraude du fjord. Elle grimpait toujours plus haut, toujours plus raide, repoussant sans cesse le sommet. Les chiens se mirent à renâcler. Anderson éprouvait une inquiétude sourde à mesure qu'il s'élevait ainsi sur les hauteurs du glacier. Mais il ne devait rien en laisser paraître. Il fit de nouveau claquer son fouet.

– Hak ! Hak ! hurla-t-il.

L'attelage repartit à contrecœur. Derrière, les autres l'imitèrent. Anderson tapa sur l'épaule de son guide. L'Inuk tourna vers lui

1. Relief né de la poussée verticale des masses de glace.

son visage angoissé, réprobateur. Depuis quelque temps, il manifestait des signes évidents de nervosité. Cette terre inhumaine, au nord du détroit de Nares, au-delà du 83e parallèle, aucun homme de sa race n'aimait s'y aventurer. Trop de légendes couraient ici, trop de mauvais esprits hurlaient avec le vent.

Mais Anderson n'avait que faire de ces superstitions. À l'aide des jumelles, il parcourut la crête dentelée qui émergeait du brouillard. Depuis le départ du camp de base, il n'avait pas quitté ses instruments des yeux et connaissait précisément sa position. Selon ses estimations, ils ne tarderaient plus à toucher au but.

Le défilé s'élargit soudain sur un plateau dominant le fjord et ses eaux moutonnantes. D'un large geste du bras, Anderson ordonna de faire halte. Les traîneaux s'assemblèrent en demi-cercle autour de lui et chacun put découvrir l'étrange paysage qui s'offrait à leur vue.

Relié au promontoire par une passerelle de glace, un floe[1] plongeait dans les en-

1. Gros iceberg dérivant.

trailles de la baie, forteresse imposante et anguleuse. Sa façade évoquait quelque gargouille songeuse, tournée vers le large. Si Anderson avait conçu le moindre doute, ils furent dissipés sur-le-champ. Cette étrange figure de proue correspondait en tous points à la description qu'il avait relevée dans les grimoires en sa possession.

Anderson prévint l'opérateur radio, mais celui-ci eut beau s'activer sur les boutons de son poste, il n'obtint que des sifflements stridents et fit un signe d'impuissance. Il semblait impossible de joindre le camp de base pour annoncer la bonne nouvelle. Le chef d'expédition noua ses rênes et, descendant du traîneau, s'approcha de l'extrémité de la pointe. Il inspecta le pont de glace avec soin, il semblait assez solide pour supporter son poids. Il signifia à ses compagnons qu'il désirait traverser. Ceux-ci se consultèrent, dubitatifs, mais devant l'obstination de leur chef, ne purent en définitive qu'approuver.

Seul le guide tomba à genoux dans la neige et se mit à marmonner dans sa langue, l'implorant de n'en rien faire. Un étrange dialogue s'engagea, qui se conclut par un geste d'exaspération d'Anderson. L'explorateur n'avait aucune envie d'écouter ses jérémiades. Il lui tendit sa flasque d'alcool, en signe d'apaisement. Mais l'Inuk la refusa d'un geste violent. Il cria des paroles incompréhensibles, tendit le bras en direction de l'iceberg avec une terrible insistance.

Anderson décida de passer outre. De la pointe de sa chaussure, il éprouva la solidité de la passerelle. Rassuré, il s'y engagea progressivement, à demi courbé pour ne pas donner prise aux violents courants d'air qui montaient du précipice. Mieux valait éviter de lorgner en direction du vide, où mugissait le terrible ressac. Mais Anderson bénéficiait d'une solide expérience d'alpiniste. Il prit pied sans dommages de l'autre côté.

Il estima le diamètre du socle à dix ou douze mètres, et sa hauteur émergée au double. Masqué par un repli, il découvrit un ancien cairn, constitué de grosses pierres noires soudées par le givre. Sa présence, si loin de lieux habités, posait une véritable énigme. Qui avait pu le dresser et en quels temps reculés ?

Sa curiosité scientifique prenant le pas sur toute autre considération, Anderson s'agenouilla et entreprit de déblayer son pourtour. Il remarqua bien sa forme étrange, beaucoup plus élaborée qu'il n'était courant. Était-ce la signature de quelque explorateur ? Non. L'ouvrage semblait appartenir à une époque si lointaine… Peut-être même avait-il plusieurs siècles d'âge. Une par une, Anderson descella les pierres du dessus et regarda dans la cavité. Des ossements de morse, rattachés entre eux par des lanières en peau de phoque, formaient un assemblage insolite. Mais plus encore, la curiosité d'Anderson fut attirée par une longue tresse de cheveux d'un noir de jais enroulée autour d'une défense d'ivoire. La chose lui parut assez insolite pour qu'il la dénouât et l'observât dans le clair-obscur du bout du monde...

Souple, tiède, elle se lova autour de son doigt comme si elle venait d'être coupée. Étrange, en ce lieu où le froid pétrifiait tout en quelques instants. À qui avait-elle pu appartenir ? Tandis qu'il l'admirait de la sorte, il lui sembla qu'un curieux écho s'éveillait dans les profondeurs du glacier. À peine s'il y prêta attention... Il savourait ce moment de triomphe qui le consolait des semaines de voyage, de solitude, d'épreuves. Il saisit maladroitement la mèche entre le pouce et l'index et la brandit afin que tous puissent la contempler. À sa vue, l'Inuk recula en criant d'une voix pleine de terreur :

– Ilisitsoq. Ilisitsoq ![1]

Cédant à une terreur soudaine, irraison-

1. Mauvais esprit.

née, il tourna les talons et prit la fuite. Anderson l'ignora. Il cria, bien qu'il sût que nul ne pouvait distinguer ses paroles dans la tourmente :

– Nous l'avons trouvé ! Nous avons trouvé le tombeau !

À cet instant, un craquement sourd se fit entendre dans les entrailles du floe. Cette fois, l'explorateur se figea, circonspect. Il regarda autour de lui. Que se passait-il ? C'était comme une vibration qui montait loin, si loin en dessous de lui... Sans que personne pût un instant deviner le drame, une violente secousse ébranla soudain l'impressionnante masse qui se mit à tanguer.

Le premier réflexe d'Anderson fut de regagner la rive. Mais il n'en eut pas le temps. Il dut se raccrocher au cairn pour ne pas plonger malgré lui. Sous la pression brutale, le pont explosa en mille éclats qui s'abîmèrent dans les flots. Le savant poussa un cri terrible, tendit la main vers ses compagnons.

Incapables de le rejoindre, ceux-ci se massèrent à l'extrémité du promontoire. L'un d'eux eut la présence d'esprit de jeter une corde. Mais elle était trop courte et tomba pitoyablement dans le vide. Tel un navire fou rompant ses amarres, le floe s'éloignait irrémédiablement de la côte. Durant de longues minutes, l'infortuné Danois fut encore visible, accroché au sommet, faisant des signes désespérés. Puis il s'estompa progressivement dans le brouillard et ses cris furent étouffés par le dialogue sourd du blizzard et de la mer déchaînée...

VISITEURS NOCTURNES

La côte de Nouvelle-Angleterre, un mois plus tard...

La lune émergea furtivement entre deux nuages, répandant une clarté funèbre sur la mer démontée. Le vieux chat gris dressa soudain les oreilles et s'approcha peureusement de la vitre battue par le vent. Depuis le début de la soirée, la houle s'était dangereusement creusée. Les gerbes d'écume léchaient chaque fois plus haut les flancs du phare solitaire. Les rafales chargées d'embruns sifflaient rageusement. Comme s'il voulait y faire écho, le chat miaula tristement en direction du large, le poil hérissé.

Agacé par ses manières, Jack Pickles, le gardien, le menaça du doigt, sans pour autant quitter la radio. Le casque collé aux oreilles, il tentait de joindre le centre météorologique depuis près d'une heure : impossible de capter la moindre fréquence ! L'émetteur ne déversait qu'une bouillie de crachotements. Jack ne s'expliquait pas ce phénomène. Il avait connu toutes sortes de grains depuis trente ans qu'il veillait sur la lanterne du phare de Selleca Point. Mais aucun qui ressemblât à celui-là. L'air était à ce point saturé d'électricité que sa barbe elle-même le démangeait !

Il prit son matou à témoin :

– Fut un temps où on ne voyait pas ce genre de choses. Jamais. Des vagues sont montées jusqu'à la lanterne une fois... Sept mètres de haut, pas moins... Mais ça, c'est différent ! C'est cette fichue planète qui tourne à l'envers, moi j'te le dis.

En guise de réponse, l'animal gronda, acariâtre. Les oreilles droites et l'œil fixe, il semblait suivre quelque mouvement invisible au large. Il vivait ici, entre ciel et terre, depuis sa naissance. D'ordinaire, il prêtait à peine attention aux fluctuations du temps. Ni les tornades qui venaient parfois frôler la coupole, ni les grandes marées d'équinoxe qui les isolaient du monde ne l'impressionnaient jamais. C'est qu'il n'était pas un simple animal de compagnie ! Véritable suppléant, il prévoyait les intempéries, ou devinait le passage d'un navire mieux qu'aucun instrument. Dédaignant même la nourriture pour félins, il préférait chasser les crabes entre les rochers à marée basse.

Qu'il parût aussi nerveux finit par éveiller la curiosité de son maître, lequel abandonna un temps la radio pour regarder lui aussi à travers l'étroite lucarne.

– Qu'est-ce que tu peux bien voir dans cette brouillasse ?

La lune s'était voilée, à présent. On ne distinguait plus rien à travers la muraille d'encre sur laquelle le fanal lui-même semblait se briser. Pour la première fois depuis longtemps, Jack frissonna. Il se sentait seul ce soir. Il gratouilla le chat derrière les oreilles. Autant prendre son mal en patience. Il déplia le journal déjà vieux de deux jours et relut la rubrique des faits divers.

Peut-être la nouvelle l'avait-elle affecté plus qu'il ne l'avait supposé. Un collègue de sa connaissance avait trouvé la mort deux jours plus tôt, à une centaine de kilomètres au nord, à New Bristol. Assassiné. C'était le troisième ce mois-ci. Quelqu'un s'était-il mis en tête d'abattre les gardiens de la côte les uns après les autres ? Encore l'œuvre de quelque détraqué ? Les gens, aujourd'hui, devenaient fous pour un rien.

En bas, un volet claqua. Jack tressaillit. Avait-il vérifié que toutes les portes étaient bien fermées ? Oui, évidemment, et plusieurs fois encore... Il n'allait pas devenir nerveux lui aussi. Il saisit son chat et le posa sur ses genoux.

– On se fait vieux, mon gars. Voilà ce qui ne va pas.

L'animal lui échappa avec un miaulement sourd et partit se terrer sous le bureau.

– À ta guise, satané bouffeur de crabes !

À ce moment, le bip caractéristique du radar se fit entendre. Quelque chose venait d'entrer dans le champ. Jack se pencha sur l'écran. Un navire sans doute, peut-être un bâtiment de pêche à en juger par sa taille modeste... Il avait dû se laisser entraîner trop près de la côte par les courants violents. À cet endroit, mieux valait ne pas trop flirter avec les récifs. Jack espéra que le pilote avait repéré le fanal malgré le mauvais temps. Il retourna à la radio, au cas où un S.O.S. serait transmis.

Pour tout message, il n'obtint qu'un chuintement bizarre, comme l'écho d'un chant, murmuré d'une voix hargneuse...

La Land Rover noire stoppa sur le pas de la jetée battue par les vagues. Le spectacle des gerbes d'écume lessivant violemment l'étroit passage parut fasciner les deux individus qui se trouvaient à bord. Ils restèrent un long moment à contempler le spectacle des éléments déchaînés, avant que de se décider à couper le moteur et descendre.

Affublés de longues tuniques noires, ils avaient l'air de moines égarés. Ils rabattirent sur leur crâne un capuchon pointu, ajouré au niveau des yeux, et sans échanger une parole, s'élancèrent sur la jetée d'un même élan, silhouettes fantomatiques parmi les déferlantes endiablées.

Terrifiée, Rachel Dangley abaissa son téléobjectif et s'efforça de calmer les battements de son cœur. Garée tous feux éteints deux cents mètres plus haut, elle avait été le témoin de la scène. Pas un geste de ces étranges visiteurs qu'elle n'eût fixé sur sa pellicule ultrasensible. Cette fois, le doute n'était plus permis. Ces types n'avaient pas fait le voyage depuis New Bristol pour le plaisir de contempler la tempête du haut d'un phare.

Rachel en avait la chair de poule. Elle aurait de beaucoup préféré s'être trompée. Mais depuis qu'elle avait pris la Land Rover en filature sur l'autoroute, son intuition s'était progressivement transformée en certitude. Elle avait bien affaire aux fanatiques tristement célèbres sur la côte, aux tueurs des phares, ainsi que la presse les avait déjà surnommés. Ce ne pouvait être qu'eux. Tout collait : leurs manières étranges, leurs vêtements, sans parler de leur ressemblance avec les avis de recherche…

La jeune femme se tordit les mains d'impuissance. Que faire ? Partagée entre la peur et la nécessité d'agir, Rachel hésitait. Prévenir la police ? Le premier poste devait se trouver à des kilomètres. S'ils passaient à l'action ici aussi, tout serait peut-être fini avant qu'elle revienne, et les hommes volatilisés. Peut-être le phare était-il désert ? Non, la lanterne fonctionnait. Forcément, quelqu'un devait veiller là-haut.

L'inaction n'était guère dans le tempérament de la jeune journaliste. Quel que fût le danger, il fallait qu'elle s'en approche au plus près. Autant se laisser guider une fois de plus par son instinct. Elle prit sa décision et jaillit hors de sa vieille guimbarde, son appareil en bandoulière. Sous la pluie, elle dévala le chemin sillonné de rigoles boueuses. Elle franchit le panneau branlant cloué sur la palissade. L'inscription à demi effacée indiquait :

SELLECA POINT LIGHTHOUSE
NO TRESPASSING

Rachel inspecta les environs. On ne distinguait rien de plus que le tracé ombreux de la côte hostile battue par les vents. Aucune habitation n'était visible. Aucun secours à attendre de nulle part. Elle s'approcha de la Land Rover, en ouvrit la portière côté passager et inspecta l'intérieur. Vide. Aucun indice sur l'identité des deux hommes, à l'exception d'une banale carte d'état-major abandonnée sur la banquette arrière qu'elle ne prit pas la peine de consulter. Les occupants du véhicule avaient veillé à ne s'encombrer d'aucun effet personnel. Une idée traversa l'esprit de Rachel. Elle se pencha sur le volant et appuya sur le klaxon. Peut-être entendraient-ils, se douteraient-ils qu'ils avaient été repérés et de ce fait renonceraient...

Mais le mugissement de l'ouragan était si fort, que le signal se perdit, emporté par le vent. Découragée, elle leva les yeux vers la silhouette du phare vétuste cerné par les flots. L'angoisse lui desséchait la gorge, au point qu'elle fut à deux doigts de faire demi-tour. Tourner les talons, après des heures de filature ? Renoncer à un scoop quand une chance miraculeuse la mettait en présence d'assassins recherchés par toutes les polices de l'État ? Cette enquête, elle l'avait assez voulue, au point d'avoir parié un dîner aux chandelles avec son rédacteur en chef... Sa carrière dépendait peut-être de cet instant. Alors non, pas question de laisser tomber.

– Mon Dieu ! murmura Rachel en jaugeant la hauteur des vagues qui balayaient la jetée. Dans quel fichu pétrin tu vas te fourrer, sacrée idiote !

Elle ramena son blouson de cuir au-dessus de sa tête et protégeant son appareil, courut droit devant elle...

Non loin de là, parmi les collines, le voyageur se retourna dans son sommeil agité. Une force l'exhortait à retourner dans le monde réel. Une autre l'enlaçait sensuellement dans les ténèbres du Non-Être. Il désirait lutter contre cette léthargie froide où foisonnaient les cauchemars de son passé. Il voulait s'arracher aux ombres...

– Maître, murmura-t-il. Ne sera-t-il jamais

temps pour moi de trouver le repos ? De partir loin d'ici ? Je suis si las...

Une silhouette luminescente apparut dans ses songes et son visage cireux luisit dans la pénombre de la caverne.

– Il sera temps... Un jour...

– Qui me délivrera de cette charge maudite ?

Le vieillard resta un instant silencieux puis :

– Tu ne dois pas avoir de telles pensées. As-tu oublié le serment que tu as prêté ? Tu as suivi mon enseignement. Cette charge est tienne.

– Qui m'en relèvera ?

– Je l'ignore. Et la question ne doit pas être posée. Le signe te viendra, quelque jour, et tu sauras alors que ton œuvre arrive à terme. Que tu as remboursé ta dette. Voilà ce que je puis te dire. Voilà ce que je t'ai toujours dit.

– Tant d'années ont passé. Et je suis encore là. Le temps a séché mon cœur. J'ai affronté tant de puissances... veillé sur tant de pactes... Chaque épreuve est inscrite dans ma chair. Une vie d'homme, voilà tout ce que je demande. Et ne plus avoir jamais froid.

« Et ne plus avoir jamais froid. » Ces paroles flottaient encore sur ses lèvres lorsqu'il s'éveilla, tremblant. La fièvre brûlait son front. Les lambeaux de son rêve hantaient un coin de son esprit, chauves-souris affolées qu'il chassa d'une imprécation. Son regard fouilla l'obscurité. Le vent s'engouffrait par l'entrée du galgal[1]. Les éclairs griffaient la nuit. Il se mit sur son séant et déploya ses cercles de perception. Ce qu'il décela par-delà les ululements du vent le convainquit que ses calculs étaient justes et que l'heure d'agir était venue.

Il se laissa glisser de l'antique tombeau sur lequel il s'était endormi et l'étoffe de son ample macfarlane noir bruissa sur la pierre froide et séculaire. Il se sentit étrangement léger. Son sang se réchauffait à la perspective du combat. Il s'avança jusqu'au seuil de la caverne et emplit ses poumons de l'air glacé de la nuit. Puis faisant volte-face, il retourna au fond de la grotte et s'arcbouta sur la pierre tombale. Sous sa poussée, elle s'effaça sans résistance. Il plongea sa main gantée dans l'ouverture, dérangeant le maigre festin des araignées affairées autour d'ossements oubliés. Quelque dignitaire d'un autre âge avait peut-être été enterré ici, des siècles plus tôt et le voyageur songea qu'il aimerait avoir un jour une sépulture semblable. Solitaire. Calme, enfin.

1. Tumulus en pierres sèches renfermant une crypte.

Il retira un objet oblong, ficelé dans un sac de vieux cuir et le défit avec un luxe de précautions. De nouveau délivrée, Shör-Gavan l'épée miroita d'une clarté aveuglante. À son contact, l'homme sentit une vigueur nouvelle affluer dans ses veines.

Et la haine de ce qui venait, aussi...

Il plongea l'arme dans les profondeurs de son pardessus, puis d'une ample foulée, bondit au dehors. Le temps d'un éclair, sa silhouette décharnée se découpait déjà au loin, surplombant la baie comme un grand oiseau de proie...

MÉCHANTE NUIT POUR CARNAVAL

Le malheureux Jack n'entendit pas les intrus se glisser dans la pièce tandis que pour la énième fois, il essayait d'établir le contact radio. Il découvrit trop tard les ombres menaçantes qui progressaient dans sa direction le long du mur. Il se tourna, poussa un cri de saisissement. Un éclair éventra la nuit... Il s'affaissa mollement sur le plancher, fixant de ses yeux déjà vitreux son chat pelotonné de crainte sous la table.

Les deux moines saisirent son corps et l'étendirent sur le dos, bras en croix. Ils placèrent des bougies noires aux quatre points cardinaux, tout en psalmodiant un chant guttural qui ressemblait à une prière. Leur besogne achevée, ils essuyèrent froidement leurs machettes et toujours sans échanger une parole, montèrent à la lanterne. Contournant le feu, ils ouvrirent sans hésitation la porte donnant sur le balcon de veille. Une violente bourrasque les plaqua contre la vitre. À peine si l'on pouvait se tenir debout tant le vent soufflait avec force. En bas, les rouleaux s'écrasaient sur le socle rocheux avec un fracas de cymbales.

S'agrippant à la rambarde, les deux hommes scrutèrent intensément le large. Le ciel était traversé d'éclairs. Au bout d'un moment, l'un d'eux laissa échapper une exclamation et il tendit son bras vers la pointe nord de la baie. Aussitôt l'autre se pencha, au mépris du danger. Le fanal venait d'accrocher une forme indistincte qui apparaissait et disparaissait au gré de la houle. Transportés de joie, les deux guetteurs se congratulèrent.

Pourtant leur exubérance fut de courte durée. Un bruit avait-il attiré leur attention ? Ou le pressentiment qu'ils n'étaient plus seuls ? Ils échangèrent un regard entendu. Le plus grand des deux rentra. À pas de loup, il gagna une encoignure, au sommet de l'escalier, d'où il pouvait regarder ce qui se passait dans la salle de service.

Penchée sur le cadavre du gardien, Rachel était trop terrifié pour remarquer sa présence. Elle mordit son poing pour étouffer un cri. Ainsi elle avait vu juste… La nausée lui serra l'estomac. Ce cérémonial de bougies et de figures tracées sur le sol avec le sang de la victime mêlé à la cire noire... Encore... À New Bristol, aussi, le scénario avait été identique. Mais la police s'était refusée à le mentionner dans le communiqué de presse.

Submergée par le dégoût, la journaliste recula pas à pas. Elle ne songeait plus qu'à prendre la fuite, loin de ce phare maudit. Elle sentit soudain une poigne de fer se refermer sur sa nuque. Elle laissa échapper un cri de frayeur, chercha à se débattre. Mais son agresseur possédait une force bien supérieure à la sienne. Elle fut entraînée dans l'escalier sans pouvoir opposer de résistance. Dans un ultime réflexe professionnel, elle pressa le sensor de son appareil, prenant les clichés en rafales. Elle reçut en guise de représailles une gifle qui lui fit presque perdre connaissance.

L'appareil lui tomba des mains.

Ce fut un courant d'air glacé qui la ramena à elle. Elle se trouvait sur la galerie extérieure. Aidé de son acolyte, l'homme tentait de la soulever... En bas, la vision du ressac lui donna le vertige. Elle s'accrocha à la rambarde avec l'énergie du désespoir, aveuglée par ses propres cheveux que le vent rejetait dans sa figure. Elle sentit qu'elle allait lâcher prise. Elle se voyait déjà flottant dans le noir, si haut au-dessus des récifs... lorsqu'une voix rauque couvrit le fracas des éléments.

– Méchante nuit pour carnaval, hein ?

Saisis d'étonnement, les moines firent volte-face. Par quelque étrange caprice de la tempête, un rayon de lune filtra à travers les nuages sombres et vint éclairer en plein une haute silhouette tout de noir vêtue. Un chapeau à large bord était rabattu sur une partie de son visage blême. Le seul œil visible luisait d'une gourmandise de prédateur.

Rachel profita de la diversion pour s'arracher à l'étreinte et ramper piteusement à l'intérieur. La première surprise passée, les deux fanatiques se ruèrent sur le nouveau venu. Mais dans un froissement d'étoffe, celui-ci se jeta dans le vide. Avant même que Rachel ait songé à crier, il avait reparu, accroché d'une seule main à la rambarde, et projetait ses jambes jointes dans la figure de ses assaillants. Frappés de plein fouet, ils s'écrasèrent tête la première contre le vitrage. Leur étourdissement ne dura qu'un instant. Avec une exaltation meurtrière, ils repartirent à l'assaut, cisaillant l'air de leurs machettes.

Le pâle inconnu se ramassa alors dans une posture étrange. Son gant droit se hérissa soudain de pointes acérées. Il esquiva l'attaque par d'imperceptibles feintes du buste, puis, comme si ce jeu le lassait, déclencha la riposte. Le brassard balafra le visage du premier, tandis qu'il projetait le second contre la rambarde. Avant que ses adversaires aient pu riposter, il avait de nouveau bondi en arrière.

Lentement, il extirpa son interminable épée des profondeurs du macfarlane et la fit vivement tournoyer d'une seule main. Son sourire de carnassier était revenu sur ses lèvres. Les moines comparèrent leurs machettes et pour la première fois leur physionomie fut empreinte d'un doute. Lui ne leur laissa pas le loisir de méditer une nouvelle stratégie. Il fondit sur eux tel un rapace, sa lame décrivant des arabesques étincelantes. Pas à pas, les fanatiques battirent en retraite, s'efforçant de contenir les terribles coups de taille qui ébranlaient leurs bras. Sous les impacts répétés, les machettes finirent par éclater en morceaux.

Shör-Gavan disparut tout entière sous l'aisselle du plus grand avant de ressortir gluante de sang. Puis se retourna contre le complice. Celui-ci loucha sur la terrible lame elfique. Comme elle s'élevait au-dessus de sa tête, prête à le fendre en deux, il tourna subitement les talons et grimpa sur l'appui.

– Arkania te châtiera ! hurla-t-il. Gloire à la reine Arkania...

Et sur cette menace sibylline, il se jeta dans le vide. Il plana d'interminables secondes, tel un goéland porté par le vent, avant de disparaître, digéré par le ressac.

Épouvantée par la férocité de l'affrontement, Rachel avait préféré cacher sa tête entre ses mains. Quand elle osa de nouveau jeter un coup d'œil à travers ses doigts, elle découvrit l'homme debout devant elle, qui la dominait de toute sa hauteur, les mains jointes sur le pommeau de son épée souillée. Son regard étincelant semblait la transpercer jusqu'à l'âme. Elle eut un haut-le-cœur.

– Ne me faites pas de mal, je vous en prie !

Sans une parole, il tourna les talons et contourna le réflecteur parabolique. D'un geste sec, il glissa son épée entre le plateau d'optique et le plancher, bloquant net le mécanisme de rotation de la lanterne. Quelque part, un signal d'alerte se déclencha, mais il n'en eut cure. Il ressortit aussitôt sur le balcon de veille, scrutant l'horizon.

Le fanal immobile éclairait en plein la pointe sud de la falaise. À peine s'il eut le temps de distinguer une masse sombre ballottée par les flots qui disparaissait derrière les récifs. Une sensation fugitive le traversa. Abjecte. Il étouffa un juron de dépit. Trop tard. Comme il se tournait, il se heurta presque à Rachel qui en catimini l'avait suivi. Elle aussi, l'espace d'un court instant, avait aperçu l'objet dérivant. Mais elle aurait été incapable d'en identifier la nature. Et d'ailleurs, elle s'en fichait éperdument. Elle tremblait de tous ses membres.

– Je me sens mal, prévint-elle.

Ebenezer Graymes la considéra sans aménité, mâchoires crispées. Elle pouvait avoir vingt-quatre ou vingt-cinq ans, plutôt jolie avec des yeux noisette assortis à sa chevelure abondante torsadée en natte. Le nez se retroussait au-dessus de lèvres fines, d'un menton volontaire.

– Ne vomissez pas sur moi, laissa-t-il tomber.

Rachel avala péniblement sa salive.

– Qui êtes-vous ? D'où sortez-vous ?

Sans daigner répondre, il retourna sans

ménagement le moine abattu avec la pointe de sa botte et retira sa cagoule. Le visage ne lui disait rien. La vilaine blessure fit grimacer la jeune femme.

– Mon Dieu... Je suis vraiment mal !

Elle s'écarta pour hoqueter longuement. L'ignorant délibérément, Graymes retourna à l'intérieur et arracha son épée de la fente. Le fanal reprit sa rotation coutumière. Rachel le rejoignit, essuyant son menton du revers de sa manche, blanche comme un linge.

– Que fichez-vous ici ? demanda Graymes.

– Je... Et puis de quel droit m'interrogez-vous ? Vous... Vous avez tué ces hommes !

– Nullement. L'un s'est empalé sur sa machette et l'autre a cru qu'il savait voler.

– Qu'est-ce que va penser la police de...

– Elle pensera que vous avez de la chance d'être toujours en vie.

Rachel se massa le front du bout des doigts, épuisée. Dans la clarté vive du fanal, le curieux personnage se découpait comme une ombre chinoise. Ses vêtements humides fumaient, lui donnant l'aspect de quelque créature démoniaque. Il semblait n'avoir pas d'âge. Elle s'attarda sur les contours anguleux de son visage si pâle, dévoré par deux yeux immenses qui semblaient taillés au cœur d'un bloc de saphir. Ses cheveux noirs et luisants, rejetés en arrière, découvraient un front haut mais étroit.

– Racontez-moi votre histoire, lui suggéra-t-il en faisant disparaître son épée souillée dans les profondeurs de son manteau.

Rachel n'en avait pas envie. Pourtant, elle s'entendit répondre :

– Je... Je m'appelle Rachel Dangley. Je travaille pour *Antigone*, la revue new-yorkaise. Enfin, je suis à l'essai... C'est mon premier reportage, et Chris... Chris c'est mon rédacteur en chef... il a placé de grands espoirs en moi. C'est ce qu'il m'a dit... Ces meurtres en série représentaient une occasion toute trouvée et... J'étais à New Bristol, sur les lieux de l'autre meurtre. Mais peut-être êtes-vous au courant ?

– Poursuivez...

– Je roulais sur le chemin du retour. Je ne pensais qu'à mon article... quand j'ai été dépassée sur la route par une Land Rover noire. Il y avait deux hommes à bord. Cela n'aurait pas dû attirer mon attention, mais le passager m'a lancé un drôle de regard. Il avait un air bizarre. Je me suis souvenue des portraits-robots que la police a constitués grâce à des témoignages. J'ai pensé : et si c'étaient eux ? Il n'en a pas fallu davantage pour que je leur colle au train. C'est difficile à expliquer... L'instinct... Ils se sont arrêtés dans une station-service. Je les ai imités. Leur comportement n'était pas naturel. Nerveux. Heurté. J'ai décidé de savoir où ils allaient... Je les ai suivis jusqu'ici. Malheureusement, je n'ai rien pu faire pour empêcher ça...

Bourru, Graymes lui tourna ostensiblement le dos et descendit dans la salle de contrôle. Il examina le corps du gardien, mais s'attarda plus encore sur les bougies noires disposées méthodiquement, et les symboles ésotériques maculant le plancher.

– Qu'est-ce que ça peut vouloir dire ? s'enquit Rachel. Il y avait le même cérémonial à New Bristol, mais la police a refusé que je prenne des photos. Et ils ne l'ont pas mentionné dans le communiqué de presse. Personne n'en a parlé.

– Des runes, soliloqua Graymes. Elles datent d'avant notre ère... Sans doute du konjaarl, une langue ancienne utilisée sous le règne de la légendaire reine Arkania...

Comme il effleurait les inscriptions, un grondement le figea. Il se pencha sous la table. À la vue du chat qui le dévisageait, oreilles couchées et tous crocs dehors, il grimaça.

– Oh ! Un pauvre minou ! s'exclama Rachel. Il a l'air terrifié...

La voix de la jeune femme eut le don d'apaiser l'animal qui, à force de suppliques, consentit à quitter son refuge pour venir se blottir dans ses bras. Rachel le cajola. Elle avait autant que lui besoin de réconfort.

– À l'avenir, lui conseilla Graymes, évitez de mettre votre nez dans les affaires des autres.

Sous son regard si bleu et si étrange, elle se sentit comme une petite fille prise en faute, et cela ne lui plut guère. Elle aurait voulu clouer le bec à ce type antipathique d'une réponse bien sentie. Mais elle n'était pas en état. Fuir d'ici au plus vite, retourner à la civilisation, loin des fanatiques de tous bords qui s'armaient comme au Moyen Âge. Un bain moussant, un café chaud, elle ne demandait rien de plus...

– Je vais prévenir la police, commença-t-elle. La radio doit marcher. Figurez-vous que j'étais radio amateur quand j'étais adolescente. Ces boutons n'ont aucun secret pour moi...

Elle enfila le casque, joua sur la mollette

du tuning, et quelques sifflements plus tard, parvint à localiser un correspondant…

– Le tour est joué, vous voyez ?

Mais l'homme en noir s'était volatilisé.

SORTIE EN MER

Long Island, au nord de New York, la nuit suivante...

La Polla fendait au ralenti les eaux noires de la baie. Dans la clarté du projecteur, les lambeaux de brouillard glissaient silencieusement le long de sa coque, fantomatiques et glacés. La neige avait heureusement cessé, mais la visibilité était si mauvaise qu'on ne distinguait rien à plus de cinq brasses. Posté à la proue du petit remorqueur, Ramon Costa frissonna sous son caban. Il estimait avoir dépassé la pointe de Long Island depuis un bon moment. Aux dires des instruments, il avait atteint précisément l'endroit du rendez-vous. Il se tourna vers son frère, dans le poste de pilotage.

– Arrête tout !

Mario lui répondit d'un signe et stoppa les machines. Quelque part, une bouée cloche fit entendre son tintement lugubre. Caboter à deux heures du matin n'était pas pour effrayer Costa. Le Portoricain avait longtemps vécu de contrebande. Il en avait vu bien d'autres, avant d'avoir amassé un pécule suffisant pour monter sa propre entreprise. Mario, son frère, était plus jeune. Il n'avait pas comme lui l'expérience des nuits embrumées et vides. Aussi préféra-t-il le rejoindre sur le pont, tirant nerveusement sur sa cigarette.

– Qu'est-ce qu'on attend ?

– On attend de faire le job pour lequel on a été payé.

– Si c'était si important, pourquoi il n'est pas venu avec nous, le commanditaire ?

– Veut pas se mouiller. Moi, je m'en fous du moment qu'on a le fric dans la poche.

– Mais on ne sait même pas quoi remorquer !

– T'occupe. Il a dit qu'on le saurait quand il serait là.

– Avec ce brouillard, t'as pu te planter. On est peut-être pas au bon endroit...

– La ferme !

Circonspect, Mario hocha la tête. Il grelottait sous son ciré. Avait-on jamais connu une température sibérienne à New York un début décembre ? S'il n'y avait pas eu autant d'argent à la clé, il aurait parié sur un canular de première grandeur. Quoi qu'il en soit, cette histoire ne lui disait rien qui vaille et il aurait donné n'importe quoi pour se retrouver dans son lit. Il tira soudain son frère par la manche :

– Tu n'entends rien ?

Comme Ramon ne répondait pas, il insista :

– Tu n'entends pas ? Quelque chose approche, je te dis…

Sa phrase fut brusquement interrompue par un choc sourd à l'arrière. Le petit bâtiment gémit jusqu'aux tréfonds de son armature. Les deux hommes s'accrochèrent in extremis à la rambarde.

– Qu'est-ce que c'est, bon Dieu ?

À peine leur équilibre retrouvé, les deux marins foncèrent pour juger des avaries. Le spectacle qu'ils découvrirent dans le faisceau de leurs lampes les figea de stupeur. Une masse opalescente aux arêtes vives, aussi haute qu'une muraille, avait abordé le navire et semblait devoir l'écraser.

– Alors ça ! s'exclama Ramon. Un iceberg. Mario, le projecteur ! Donne du projecteur, vite !

Mario tourna le phare à 180° et le braqua sur la façade lisse aux reflets diaprés. Son sommet crénelé dominait les hommes de trois bons mètres. Ses flancs translucides étincelaient dans la lumière. Ramon se gratta le front :

– C'est pas croyable ! À quelques encablures de New York ! Un iceberg. Jamais vu ça.

– Je te l'avais bien dit que l'hiver arrivait foutrement vite, cette année, répliqua Mario.

– Mais bougre d'idiot, l'hiver n'y est pour rien. Je ne sais pas comment c'est là, mais...

– Il y a du dégât ?

Ramon se pencha pour balayer rapidement la coque avec sa torche électrique. Heureusement, le collier protecteur de pneus usagés avait amorti la collision. Par mesure de précaution, il lança à son frère :

– Descends inspecter les machines. On ne sait jamais. Il y a peut-être une voie d'eau.

Tandis que Mario se laissait glisser dans la cale, Ramon considéra le phénomène avec un mélange d'hébétude et de curiosité. Et plus il l'observait, plus il éprouvait un malaise dont il était incapable de définir la raison. Peut-être était-ce un effet de son imagination, de cette nuit froide et brumeuse où les superstitions qui sommeillent en tout marin aiment à se réveiller.

Il effleura la surface dépolie et poussa un bref juron. Les arêtes étaient si vives qu'il s'était entaillé un doigt. Il s'empressa de porter la légère coupure à sa bouche. Une lueur se fit soudain dans son esprit. À moins que… Le mystérieux commanditaire ait su que cette chose se trouverait là ? Mais oui, bien sûr. Cela ne faisait même aucun doute. Voilà ce qu'ils étaient venus chercher par cette nuit glaciale.

Fièvreusement, Ramon s'empara de câbles et de grappins. Prenant appui sur la rambarde, il entreprit d'arrimer la masse. Ce n'était pas très commode, mais *La Polla* était dotée d'un solide moteur, capable de remorquer des cargos dix fois plus gros. À l'idée de tout l'argent qui tomberait dans sa poche à la livraison, il n'hésita pas à se hisser au sommet du bloc pour achever de le ficeler. Mario qui revenait de la machinerie resta bouche bée de le voir ainsi jouer les équilibristes.

– Tu vas te foutre à l'eau, voilà ce que tu vas réussir à faire. Laisse donc ça. On a du boulot. Y a une voie d'eau. Pas énorme, mais j'ai enclenché les pompes.

– On s'en fout. Ce rafiot est capable

d'aller jusqu'à Long Island sans problème. T'as pas encore compris ? Le voilà, notre chargement.

– Tu délires ! Personne ne pouvait savoir que ce fichu bout de glace se trouverait là.

– Non, tu crois ? Au moins une : celle qui nous a envoyé le chercher.

– C'est une blague ? Qu'est-ce qu'on peut faire d'un iceberg ?

– T'occupe. On me demande de remorquer, je remorque. Et puis d'ailleurs...

Il laissa sa phrase en suspens. Il achevait de planter un piton lorsqu'il fit un bond en arrière. Un visage terrifiant venait d'apparaître dans le faisceau de sa lampe, torturé par une atroce agonie. La première frayeur passée, Ramon se reprit. Il avait déjà vu des morts dans sa vie, et pas plus séduisants que celui-là. Il se tourna vers son frère :

– Tu vas pas le croire... Il y a un macchabée là-dedans.

Mario se sentit frissonner de la tête aux pieds.

– Un macchabée ? Tu dis ça pour me flanquer la trouille ?

– Viens voir toi-même...

Mario eut peine à avaler sa salive.

– Moi je veux pas aller plus loin. Demain, on rend le fric. C'était pas dit qu'on devait remorquer un cadavre.

Ramon releva la tête, amusé.

– On dirait un fossile avec... Attends... Il y a quelque chose d'autre. J'ai même l'impression que ça remue.

Passablement intrigué, il colla son nez contre la surface luisante.

– Alors ça...

Sa phrase s'acheva dans un cri d'épouvante. Il se produisit un craquement sec qui fit se dresser les cheveux sur la tête de Mario.

– Descends ! Ramon, descends de là tout de suite !

Ramon tourna vers lui sa figure déformée par une affreuse grimace de souffrance, incapable d'articuler une parole. Comme aspiré par une force surhumaine, il s'enfonça jusqu'à mi-torse dans le bloc. Sa bouche forma un O muet. Puis il hurla :

– Au secours ! Il... Il me mange !

Blême de terreur, Mario contemplait la scène comme boulonné au plancher, incapable d'esquisser le moindre geste. Dans un sursaut de révolte, Ramon s'arc-bouta pour s'arracher à l'emprise invisible. Il leva le visage vers le ciel, hurla tel un chien à la lune et disparut d'un coup.

Mario sentit que sa raison vacillait. Hagard, il chercha autour de lui un moyen de venir en aide à son frère. Il décrocha une gaffe et se mit à frapper furieusement les flancs du glacier. Oubliant toute prudence, il grimpa sur le plat-bord, dans l'espoir d'escalader à son tour la masse. Mais le vent se leva soudain. Une vague fit tanguer le navire. Le marin perdit l'équilibre et passa par-dessus bord. Paralysé par la température glaciale de l'eau, il lui fallut plusieurs secondes avant de réagir et de remonter à la surface. Quand il émergea enfin, haletant, il n'eut que le temps de voir l'iceberg s'éloigner dans la brume, poussant le remorqueur devant lui.

LE PÔLE À NEW YORK

... La météo annonce le glissement d'une dépression en droite ligne du Groenland le long de la côte atlantique. En clair, nous risquons tous, chers auditeurs, de geler allègrement dans les jours qui suivent. À vos luges et vos patins ! Si vous voyez de grosses boules blanches à quatre pattes attendre au feu rouge, pas de panique ! Il ne peut s'agir que d'ours polaires.

Le lieutenant Bob « Bilbo » Single laissa échapper un soupir d'agacement et coupa la radio. Le communiqué n'avait pas l'air d'une blague. Un plafond nuageux de mauvais augure pesait sur Manhattan depuis la veille. Le thermomètre avait chuté au-dessous de zéro et des congères s'amoncelaient déjà sur les trottoirs. Des centaines de cantonniers étaient à pied d'œuvre, dégageant la chaussée. La mégapole s'apprêtait à vivre l'un de ces hivers mémorables, durant lesquels les citadins assiégés venaient à se rappeler que l'informatique ne maîtrisait pas tout.

À la perspective des embouteillages, des queues interminables au supermarché, le policier avait déjà la nausée. Ces soucis d'intendance encombraient son esprit lorsqu'il déboucha sur le port. Le cordon de sécurité contenait à grand-peine une foule bruyante et excitée, qui malgré le temps sinistre, se massait sur le quai 67. Single dut actionner sa sirène pour se frayer un passage parmi les véhicules et les badauds. Que diable se passait-il ici ? On l'avait certes prévenu qu'il s'agissait d'une affaire peu banale, mais au point d'attirer autant de journalistes et de télévisions !

Il n'avait pas mis un pied hors de sa vieille Plymouth qu'il fut assailli par une forêt de micros et de caméras.

– Lieutenant Single ! Lieutenant, par ici !

– Pas de déclaration ! coupa-t-il.

La médiatisation n'était pas sa tasse de thé. Rien ne l'horripilait davantage que de découvrir sa tête aux informations de onze heures. D'un ton malcommode, il donna l'ordre aux agents de repousser tout ce petit monde à distance respectable, ce qui lui valut quelques sifflets. Single s'en fichait. Il ne mesurait qu'un mètre soixante-quatre, mais c'était une boule de nerfs qui savait en imposer sinon par son gabarit, du moins par son autorité. Jouant des coudes, il contourna le groupe formé par le chef de la police Hawkins et quelques huiles de la municipalité. Il se pencha à son tour pour découvrir ce qui passionnait ces gens.

En fait de surprise, c'en fut une : un iceberg était amarré au ponton, aussi incongru qu'une olive dans un bol de lait. Il aurait cru à un canular si, détail macabre, une main bleuie n'avait dépassé de la glace. En apercevant le jeune enquêteur, Hawkins l'interpella, grinçant :

– Lieutenant, pouvez-vous nous faire profiter de vos lumières ?

Single se rapprocha, encore mal remis :

– Comment est-ce arrivé là ?

Hawkins esquissa un geste vague.

– Ce sont les gardes-côtes qui l'ont découvert au petit matin, près de l'embouchure, arrimé à un remorqueur vide, *La Polla*... Nous l'avons attaché ici en attendant de savoir quoi en faire.

– Un iceberg à New York, ce n'est pas banal.

– D'autant qu'un pauvre type en a été la victime.

– On connaît son identité ?

– Le propriétaire du remorqueur, un certain Ramon Costa. Selon les témoignages, lui et son frère Mario étaient en mer, cette nuit. Mario est porté disparu. On craint qu'il ne se soit noyé lors de la collision.

– La collision ? Sauf votre respect, s'il s'agit d'un accident, en quoi cela intéresse-t-il le département criminel ?

Hawkins le toisa avec impatience :

– J'ai décidé personnellement qu'il en serait ainsi. Oh, laissez-moi vous présenter le docteur Jay Tucker, chargé d'études à l'Institut de cryogénie Borradaile. Il vous donnera tous les renseignements dont vous aurez besoin. Je vous laisse... Je veux un rapport d'ici ce soir sur mon bureau.

Sur ces paroles, Hawkins se désintéressa de sa personne. Single serra sans enthousiasme la main d'un petit homme replet aux cheveux frisés, affublé d'un collier de barbe duveteux.

– Cryo... quoi ?

– Cryogénie : la science du froid, lieutenant. L'institut Borradaile est à la pointe des technologies concernant les procédés de conservation et l'étude chimique des glaces.

– Je n'en doute pas. Borradaile… Le nom ne m'est pas inconnu…

– Ce serait mentir que nier qu'il a dans cette ville une certaine influence, lieutenant. Mais c'est un homme renfermé, timide. corrigea aussitôt le docteur Tucker, qui n'a rien à voir avec l'image du misanthrope excentrique que les journaux se plaisent à dépeindre…

Single fronça les sourcils. Ses souvenirs lui revinrent. Gregory Borradaile, le magnat. Le bonhomme cultivait certaines lubies, en dehors de détenir la majorité des actions dans bon nombre de consortiums. Ne prétendait-on pas qu'hostile à tout contact humain, il s'isolait dans des appartements où la température avoisinait le zéro ?

Là-bas, Hawkins ânonnait sa déclaration ampoulée à la presse avide d'informations. Le bla-bla habituel. Oui, c'était un cas singulier, mais la lumière serait faite sur les circonstances… Single reporta son attention sur l'iceberg. La vision hideuse de cette main implorante qui dépassait le mettait mal à l'aise. Il avait pourtant l'habitude des cas insolites. C'était même cette réputation qui lui avait valu d'être récemment promu à Manhattan, après quatre ans passés à moisir dans les bas-fonds du Bronx.

– Comment diable est-ce qu'un iceberg a pu arriver jusqu'ici ?

– Eh bien, commenta Tucker, il s'agit sans doute d'un pack de banquise qui se sera détaché comme cela arrive très souvent, au gré des mouvements de la mer. Il aura dérivé en suivant certains courants glacés qui longent la côte canadienne et l'ont maintenu dans cet état de conservation.

– Vous ne parlez pas sérieusement ? Ne pensez-vous pas qu'il aurait eu le temps de fondre dix fois sur une telle distance ?

– Les faits parlent d'eux-mêmes. Une anomalie climatique peut se révéler parfois troublante de conséquences. D'après mes estimations, il devait à l'origine mesurer près d'une vingtaine de mètres de haut… Il a sûrement perdu les deux tiers de sa masse. Nous allons procéder à quelques carottages, histoire de vérifier l'origine et le trajet parcouru. Nous ferons sûrement de très intéressantes découvertes.

Single tempéra son enthousiasme :

– Avant le moindre carottage, docteur, vous me permettrez de poser des scellés.

Puisque enquête criminelle il doit y avoir, j'entends bien la mener correctement. Ce qui m'importe, c'est de savoir comment ce pauvre type a pu se faire avaler de cette façon...

Tucker eut un haussement d'épaules.

– Avaler ? Je crois qu'on peut avancer sans risque d'erreur que ce malheureux s'est inconsidérément aventuré dessus... Il a été pris dans une crevasse formée par de la glace tendre. D'ailleurs, je recommande la plus grande prudence à vos hommes lorsqu'il s'agira de le dégager... Je suggère de transporter le bloc à l'Institut, où nous disposons du matériel nécessaire et aussi de...

– Non, trancha Single. Je veux l'examiner en l'état, ici même.

Le visage du scientifique prit une teinte grisâtre.

– Je trouve disproportionné que l'on ouvre une enquête pour une telle affaire. Écoutez, lieutenant, nous pouvons nous entendre... Ce bloc a une grande valeur scientifique. L'Institut pour lequel je travaille vous serait très reconnaissant si vous... enfin disons... si vous abrégiez votre enquête de routine pour nous le confier...

Single plissa les yeux d'un air mauvais.

– Ai-je rêvé où tentez-vous de faire obstacle à l'action d'un officier de police ?

– Réfléchissez : si cet iceberg n'est pas rapidement mis en lieu sûr, il ne tardera pas à fondre ! Nous avons déjà de la chance que la météo soit plutôt clémente...

– Clémente, ricana le détective en frissonnant. C'est le mot juste, aucun doute ! À vous de m'écouter, docteur Tucker. Vous aurez tout le loisir de carotter votre glaçon, mais plus tard, quand j'en aurai fini avec.

Rageusement, Tucker fourra les mains dans ses poches.

– Bien. Je verrai cela avec vos supérieurs, dans ce cas. En ma qualité d'expert, je demanderai que...

Single ne l'écoutait déjà plus. Il venait d'apercevoir une haute silhouette tout de noir vêtue, qui dominait la cohue. Le temps de courir dans sa direction et elle s'était déjà volatilisée. Le policier sentit son estomac se serrer. Il n'aimait pas ça du tout. Il interpella un agent qui avait fort à faire pour contenir les badauds.

– Avez-vous vu à l'instant un grand type, habillé d'un vieux manteau à collerette et d'un chapeau noir ?

– Non, lieutenant, répondit un agent. À moins que... ce ne soit celui qui se trouve juste derrière vous ?

Single sursauta. Ebenezer Graymes se tenait dans son dos, abaissant sur lui un regard amusé. La différence de taille entre les deux hommes prêtait à sourire.

– Bon sang, qu'est-ce que vous fichez ici ? Et comment diable avez-vous franchi le cordon de sécurité ?

– Vous savez combien je suis attiré par l'inédit et le mystère, répondit le démonologue, narquois.

– Sûrement, mais je ne crois pas que l'affaire ait un quelconque intérêt pour vous. Nous nous trouvons devant un simple accident…

– Vous croyez ? ricana l'occultiste. Sentez-vous ce froid pénétrant ? Et ce n'est qu'un début…

– Ne me dites pas que vous suivez la météo. Vous n'avez même pas la télé !

– Non. Je me fie à une goutte d'huile de tournesol trempée dans un peu de sang de grenouille. C'est un procédé très efficace, je vous assure.

Single le dévisagea avec circonspection, ne sachant ou non s'il s'agissait d'une boutade.

– Où voulez-vous en venir ? Je n'aime pas vous voir rôder autour d'une affaire. Pour moi, cela signifie toujours des ennuis à court terme.

– Des ennuis ? Quelque part, ne me devez-vous pas cette mutation inespérée qui vous a fait quitter l'atmosphère hostile du Bronx ? Laissez-moi examiner l'iceberg...

Single poussa un soupir, dansa d'un pied sur l'autre, puis céda :

– Après tout pourquoi pas ? Vous semblez tellement y tenir.

Voyant que les deux hommes s'engageaient sur le dock flottant, le docteur Tucker revint à la charge :

– Hé ! Qu'est-ce que vous fabriquez ? Et qui est cet homme ?

Le démonologue se tourna vers l'expert :

– Je suis le professeur Ebenezer Graymes... Qui êtes-vous vous-même ?

Sous le regard pénétrant, le chercheur se sentit soudainement rapetisser.

– Docteur Jay Tucker, chargé de recherche à...

– Vous êtes un employé de Borradaile, n'est-ce pas ? coupa Graymes.

Tremblant de dépit, Tucker tourna les talons. Graymes le suivit d'un regard soupçonneux.

– Vous connaissez Borradaile ? s'enquit Single.

– J'en ai entendu parler. Il dirige un complexe de recherche à Long Island. Un homme puissant, à ce que l'on dit, mais fort avare de publicité.

– Pour aimer la discrétion, en effet…

Déjà, Graymes escaladait l'iceberg avec une agilité funambulesque. Au sommet, il s'accroupit et retirant ses gants noirs, palpa la main qui affleurait la surface. Il marqua un mouvement de recul, comme s'il avait reçu une décharge électrique. Avec une gravité croissante, il porta son intérêt sur les profondeurs opaques du bloc. Il finit par laisser échapper un curieux sifflement.

– Vous avez trouvé quelque chose ? lui lança Single d'en bas.

Graymes ne lui prêta aucune attention. D'une poche de sa veste, il tira un curieux piton torsadé qu'il planta non loin du cadavre avec une force peu commune. Il exécuta une passe, marmonna une incantation… Dans les tréfonds de l'iceberg, un grincement se fit entendre. Non loin, les pompiers équipés de chalumeaux, prêts à intervenir, l'observaient d'un air moqueur, mais prudent. Ce ne fut qu'une fois le cérémonial terminé que l'occultiste consentit à rejoindre le policier.

– Hâtez-vous de dégager ce pauvre bougre. Et par la même occasion, celui qui se trouve en dessous. Enfin pour ce qu'il en reste…

– Quoi ? Il y a un second corps ?

– Un malheureux sûrement mort depuis

des semaines, et qui a connu une terrible agonie. Il vient de loin…

Single se sentit glacé de la tête aux pieds.

– Bon sang, il faut que ça m'arrive à moi…

– Prenez garde, prévint Graymes. Il y a autre chose. Plus bas. Pour l'heure, c'est prisonnier. Mais j'ignore combien de temps mon artifice le retiendra.

– Vous voyez le maléfice partout… Pourquoi ne s'agirait-il pas d'un simple accident, d'un malheureux concours de circonstances ?

– Je souhaite du courage à vos experts, qui devront expliquer par quel extraordinaire la banquise produit des glaciers carnivores… Quelque chose d'autre a fait le voyage et se trouve encore là. Invisible. Enfoui. Un être dont le sinistre pouvoir suinte de partout…

Les traits du démonologue se creusaient sous la tension nerveuse. Ses yeux brillaient d'une lueur inquiétante. Single considéra le bloc avec une moue dubitative.

– Voyons, Graymes. Vous faites une fixation…

– Cet iceberg est une tombe qui fut jadis

scellée par des magiciens, ou à tout le moins des initiés de l'Art. Peut-être des Inuit de l'ancien temps. Bien qu'il ait en grande partie fondu durant son voyage, il reste d'infimes traces d'un cairn sacrificiel au sommet. La question est de savoir si l'être contenu dans cette sépulture est vivant ou mort...

Sans daigner en dire davantage, Graymes planta là le policier et disparut dans la foule. Single aurait voulu le rattraper. Il avait encore tant de questions à lui poser... Mais à ce moment, la horde des journalistes parvint à rompre le ruban de sécurité.

Rachel n'était pas de celles que la bousculade impressionne. Elle savait autant jouer des coudes que de son charme. Aussi, écrasant sans complaisance un orteil ici, percutant une pommette là, elle parvint à se faufiler jusqu'au policier au moment où celui-ci s'efforçait de remonter dans son véhicule :

– Lieutenant, une seule question ! Comment s'appelle l'homme avec qui vous discutiez à l'instant !

Single tourna la tête. La fille était blonde, infiniment délicate et jolie. Son sourire était une invitation à quelque dîner romantique et il s'y laissa prendre comme bien d'autres avant lui.

– Le professeur Ebenezer Graymes, de l'université de Columbia. Il prête son concours à la police criminelle sur des affaires spécifiques, vous n'avez pas besoin d'en savoir plus...

Rachel n'en demandait pas davantage. Laissant ses collègues se casser les dents sur la portière qui se refermait, elle s'extirpa de la cohue et se précipita dans la cabine téléphonique la plus proche. Elle composa rapidement le numéro du journal et tomba sur Chris Dembo, son rédacteur en chef.

– Bon Dieu, Chris, j'ai un truc de première ! Tu dois me donner l'exclusivité sur cette affaire...

– Tu l'as, mon canard ! Pourquoi tu t'en fais ? N'es-tu pas mon reporter préféré ? Alors quoi de neuf sur cet iceberg ?

– Il ne s'agit pas de l'iceberg. J'ai retrouvé le type du phare. Oui, le type dont je t'ai parlé, tout droit sorti d'un livre de magie noire. Écoute, il est ici, à New York, en cheville avec la police. Tu ne le croiras pas... Il est professeur à Columbia.

– Professeur de quoi ? Tables tournantes ?

– Je vais tâcher de le filer. Trouve-moi dans nos archives tout ce que tu pourras sur lui. Son nom est Ebenezer Graymes. C'est lui, mon sujet, à présent.

– Attends un moment : moi, c'est cet iceberg égaré qui...

Elle lui raccrocha au nez. À l'extrémité du quai, elle venait de voir disparaître un pan de cape noire. Calant son appareil en bandoulière, elle se mit à courir sur la jetée glissante.

ASSOCIATION

Perdu dans ses pensées, Graymes remontait à grands pas vers le pont de Brooklyn. Dédaignant les avenues trop fréquentées, il préférait se fondre dans les sombres ruelles qui enlaçaient les hauteurs de la ville. Son chapeau abaissé sur ses yeux, il promenait sa silhouette d'un autre âge dans l'indifférence de ce matin glacé.

À mesure que Rachel l'observait, sa curiosité cédait le pas à un intérêt plus personnel. Jusqu'alors, elle n'avait jamais vraiment cru à tout ce qui touchait au surnaturel. Elle appartenait à cette majorité de personnes que l'évocation d'un monde invisible faisait sourire. L'épisode du phare avait remis en cause nombre de ses certitudes. Elle éprouvait maintenant un besoin incoercible de découvrir la face cachée de ce mystère, ainsi que la nature précise des activités de cet Ebenezer Graymes. Pour alimenter le prochain article, certes, mais aussi pour répondre à des questions angoissantes qui venaient la tourmenter…

Elle le suivit jusque dans le vieux quartier de Brooklyn Heights, perché au-dessus de l'East River, ne s'arrêtant que pour prendre des clichés au téléobjectif. À sa suite, elle emprunta Montague Street jusqu'à une minuscule place décorée de réverbères à l'ancienne, sur laquelle ni le temps ni les promoteurs immobiliers ne semblaient avoir eu prise.

Quand Graymes poussa la grille d'une vieille maison couverte de lierre, la journaliste se hâta de traverser et s'y faufila à son tour, sans réfléchir un instant aux conséquences. Elle ne savait trop ce qu'elle escomptait découvrir. Elle se sentait seulement attirée par une force inconnue, irrésistible. Elle traversa le jardin en courant et se glissa par la porte entrouverte.

Un profond silence régnait dans cette demeure mélancolique et sombre, que l'on aurait pu croire à l'abandon. Rachel sursauta quand le battant se referma dans son dos. Puis maîtrisant les battements de son cœur, elle gravit les escaliers. Une tristesse singulière suintait de ces murs lézardés, de ces portes closes qui semblaient renfermer les secrets d'un passé révolu... À l'angle d'un couloir, une gargouille tendit soudain vers elle sa face grimaçante. Rachel eut un mouvement de recul, hésitant à poursuivre plus avant. Mais son insatiable curiosité était décidément la plus forte.

Où diable avait pu disparaître Graymes ?

Elle se posait la question quand une main gantée de noir s'abattit sur son épaule. Rachel poussa un cri strident dont l'écho fut comme assourdi. Le démonologue la dominait de sa haute taille. La colère brillait dans ses yeux. D'où avait-il surgi ? L'instant d'avant, il n'y avait personne.

– Pourquoi m'avez-vous suivi ?

– Vous êtes... Je... Je suis désolée. Il fallait que je vous parle. Tout à l'heure, sur le quai...

– Que cherchez-vous ?

– Lâchez-moi, vous me faites mal...

– Vous êtes ici chez moi, répliqua-t-il en resserrant au contraire ses doigts autour de sa gorge. Et je pourrais aussi bien vous briser le cou...

Rachel voulut répliquer, mais un froid étrange commençait à la paralyser. Son regard se voila. Une fraction de seconde, elle crut qu'elle allait perdre conscience. Graymes relâcha son étreinte juste à temps.

– Fichez le camp.

– Attendez... balbutia la jeune femme. Je vous ai aperçu sur le quai. Je me trouvais avec les autres journalistes... J'ai réalisé que ce ne pouvait pas être un hasard. Je ne vous demande qu'un instant. Après, je vous jure que vous n'entendrez plus jamais parler de moi...

– Oh, ça m'étonnerait...

Quelque part, Rachel se sentit rassurée. Non tant par ses propos que par la façon dont il venait de la regarder. Elle avait trop l'habitude du regard des hommes sur sa personne pour n'avoir pas perçu, l'espace d'un instant, l'intérêt qui avait traversé celui de Graymes. Se pouvait-il qu'il fût sensible au charme féminin sous ses dehors distants ? Cette nouvelle donnée la mit en confiance. Elle prit son air le plus suppliant, le plus charmant, avec lequel elle avait obtenu bien des passe-droits.

Graymes laissa échapper un soupir.

– Je suppose qu'à moins de vous jeter dans l'escalier, vous ne me lâcherez pas ?

– Vous avez deviné juste.

Sans un mot, il tourna les talons. Au dernier étage, il l'introduisit dans un vaste loft presque vide qui ouvrait sur le port enneigé. Une clarté pâle et poudreuse blanchissait les murs de guingois. L'air avait un parfum âcre et pénétrant. Il planait ici l'atmosphère lugubre des cimetières. Aucune joie, aucun plaisir. Comme l'on semblait loin du monde extérieur et de sa rumeur. Ailleurs, en quelque sorte. Le regard de la jeune femme fit le tour de la pièce avant de s'arrêter sur l'imposante cheminée sculptée de masques hideux, où ronronnait un feu mourant.

– Vous vivez ici ?

– En quelque sorte.

Il lui signifia de prendre place sur un canapé usé. Peu de mobilier. Pas de télévision. Pas même le téléphone. Cet homme avait-il seulement entendu parler de l'électricité ?

– Je ne suis jamais ici après la nuit tombée, dit-il comme s'il avait pu déchiffrer la question dans son esprit. Le reste du temps, la seule lumière du jour me suffit.

Rachel laissa échapper un petit rire. Il marqua un temps :

– Pourquoi riez-vous ?

– Je... Je n'en sais rien... Seulement vous êtes si différent des gens que je connais... Vous vivez seul ?

– Oui. Et je n'aime pas la compagnie.

Il s'affala dans un fauteuil à haut dossier, aux accoudoirs de chêne curieusement sculptés. À l'autre bout de la pièce, elle remarqua une porte basse à demi dissimulée derrière une tenture sombre. Un anneau de fer évoquait quelque geôle médiévale. Elle ne put s'empêcher de frissonner. Rachel le dévisagea à la dérobée. Était-ce la lumière particulière de cet endroit ? Ebenezer Graymes lui parut moins effrayant que l'autre nuit. Presque humain, fut-elle tentée de penser. Et incontestablement plus jeune. Ses traits taillés à la serpe ne dégageaient pas une beauté immédiate, plutôt un charme étrange qui ne transparaissait qu'après une observation prolongée. Mais le regard, lac immense d'un bleu opalin, demeurait intact.

Rachel prit son élan :

– Vous enseignez vraiment à Columbia ?

– Ce n'est un secret pour personne.

– Et vous travaillez avec la police ?

– Parfois.

– En qualité d'expert ? Quelle est votre spécialité ?

– En quoi cela vous concerne-t-il ?

– Pas facile de vous tirer deux mots, hein ? le railla-t-elle. Qu'est-ce qui vous ennuie ? Que je sois une femme ou une journaliste ?

L'ombre d'un sourire passa sur les lèvres de l'occultiste. Rachel profita de son avantage.

– Je suppose que vous serez soulagé d'apprendre que l'affaire des tueurs du phare a été classée sans suite par le F.B.I. Chose curieuse, ils m'ont à peine interrogée... Cela ne semble pas vous étonner.

Nouveau sourire, cette fois teinté d'ironie. Rachel décida d'abattre son jeu.

– L'autre nuit, au large de Selleca Point, je prends les paris que c'était cet iceberg qui dérivait...

Elle rassembla tout son courage pour soutenir son regard. Il ne serait pas dit que...

– En effet, répondit-il négligemment.

Elle exulta :

– J'en étais sûre. Alors les deux affaires sont indiscutablement liées ! Je vous en prie, aidez-moi. Je ne crois pas à de simples meurtres en série. Il y a autre chose et vous seul savez quoi...

– Pourquoi vous aiderais-je ? Pour alimenter votre torchon en articles croustillants ?

– Les bougies noires, les runes tracées près des morts, toujours identiques, que signifiaient-elles ?

– Une invocation datant de plusieurs siècles avant notre ère.

– C'est pour cette raison que la police ne veut pas en faire état ?

– Sachez qu'il en est de même chaque fois

qu'une affaire criminelle touche à des domaines surnaturels.

– Et dans ce cas, on vous la confie ?

– Non. Vous vous méprenez. Je ne suis pas détective. J'enseigne à Columbia la démonologie et les traditions anciennes. La police a recours à mes services à certaines occasions. Voilà tout.

– L'autre nuit, au phare, vous n'étiez pas là par hasard ! Comment saviez-vous ce qui allait se passer ? Que l'iceberg passerait près de la côte...

– Grâce à certains calculs, exploitant des unités de temps et des trajectoires qu'il serait trop long de vous expliquer. Êtes-vous satisfaite et consentez-vous à me laisser tranquille ?

– Je vous ai vu planter quelque chose dans le bloc de glace tout à l'heure. Qu'est-ce que c'était ?

Les yeux de Graymes ne furent plus que deux fentes brûlantes.

– Laissez tomber, miss Dangley. Vous ne savez pas où vous mettez les pieds. Il vaut mieux que nos chemins se séparent ici. Et tout de suite.

– Alors ça pas question ! Vous oubliez un détail, professeur. Je vous ai vu tuer ces deux fanatiques. Et si je vous dénonçais ?

Il partit d'un rire sec qui la choqua.

– Vous semblez si sûr de votre impunité... reprit-elle.

Il n'opposa que le silence. Rachel ramassa son sac, vexée. Elle avait une main sur la poignée de la porte lorsqu'il déclara :

– Les rituels accomplis dans les phares n'avaient qu'un but. Guider l'iceberg jusqu'à Long Island. Je soupçonne ces deux moines d'appartenir à une secte qui jusqu'ici n'avait pas trop fait parler d'elle : les Adorateurs d'Arkania.

– Êtes-vous en train de me dire qu'ils ont en quelque sorte balisé la route par ces meurtres ?

– Très exactement.

– Pourquoi me le révélez-vous ?

Graymes soupira :

– Car autrement vous n'auriez eu de cesse de me harceler. Or il se joue une partie importante. Cet iceberg est loin d'être la curiosité touristique que tout le monde suppose. C'est une sépulture qui renferme un être doté d'une formidable capacité de nuisance, oublié des hommes... Par quels mouvements de la banquise a-t-il pu se détacher et parcourir une telle distance, je l'ignore... Mais il a suivi un itinéraire précis depuis le Groenland, guidé par une volonté farouche et maléfique. Un itinéraire balisé par ses adorateurs et vous savez de quelle manière. Connaissez-vous *Le Chant de la Reine Froide* ?

– Hem ! Je ne suis pas arrivée à ce chapitre ! Non, je plaisantais. Humour.

– C'est une saga ancienne, l'œuvre d'un barde maudit qui vécut voici plusieurs milliers d'années : Hakan Egaard. Un recueil de poèmes ignoré de la plupart des chercheurs, mais d'une grande valeur pour quiconque s'intéresse à l'ésotérisme. Il fut écrit sous le règne des rois de Thulé...

– Thulé n'est qu'une légende, non ?

– Pour les historiens, peut-être, pas pour les magiciens. L'Arctique fut à une certaine époque un royaume verdoyant, vaste comme un continent. Bien des poètes anciens chantèrent sa légende. *L'Apocalypse* elle-même le mentionne. Egaard était un barde dévoyé. Il ne pouvait chanter dit-on que sur un lit de cadavres, aussi tel un charognard accourait-il sur les champs de bataille pour y composer ses ballades. Sur l'un d'eux, il rencontra Arkania, surnommée la Reine Froide à cause de son peu d'attrait pour les hommes. Egaard dut trouver le joint de sa cuirasse car elle fit de lui son favori. Il la suivit dans ses sanglantes épopées et tint jour après jour la chronique de ses sinistres exploits. Une part infime de ces écrits délirants, souvent abjects, est parvenue jusqu'à nous, dont *Le Chant de la Reine Froide*. De rares copies se trouvent entre les mains d'occultistes de haut rang...

Reine cruelle, avide de conquêtes et de massacres, on disait Arkania issue d'une union entre Wotan[1], le maître des dieux nordiques et une nixe repoussante. Elle dévasta le royaume, accomplit mille exactions qui fixèrent à jamais sa terrifiante renommée. Vouée au culte de son père supposé, elle lui dressa partout des autels qu'elle baptisa du sang des sacrifices. Egaard, fasciné, la décrit comme une bête femelle, un démon, qui aurait eu en héritage l'immortalité...

Rachel se renfonça dans son siège. Le vent qui battait contre la vitre en cette fin de matinée sombre et neigeuse lui parut venir d'un autre âge. Graymes poursuivit imperturbablement :

– Arkania eut toutefois le tort de s'attaquer à une peuplade gouvernée par un puis-

1. aussi appelé Odin.

sant sorcier et elle fut vaincue. Craignant pourtant de mettre les dieux en colère, on ne la tua pas. On se contenta de la murer dans la banquise naissante, et on dressa au-dessus de sa prison un cairn renfermant un charme puissant qui aurait dû résister à des millions d'années. Sûrement, ç'aurait été le cas si l'un de ses adorateurs, par-delà les siècles, n'avait fait en sorte de la délivrer. Dans le chant final du barde Hakan Egaard, une prédiction affirme que le règne d'Arkania renaîtra, au pied d'une cité aux tours de verre se reflétant dans la mer…

– Vous prétendez que cet iceberg renferme Arkania… Vivante ?

Rachel stoppa le minuscule dictaphone qu'elle avait discrètement mis en route.

– Voyons, professeur… ce n'est pas sérieux !

– Ce matin, j'ai senti sa présence… Tapie dans les profondeurs de l'iceberg, elle attend son heure. Vivante, mais encore prisonnière… Pour combien de temps, je ne sais. Ma magie n'est pas assez puissante pour la retenir… Il me manque des éléments. J'ai étudié bien des grimoires ces dernières semaines, mais aucun qui me donne enfin la clé tant recherchée. Pourtant, il n'est pas d'immortalité. Les étoiles elles-mêmes meurent. Donc Arkania a un point faible, par lequel elle peut être combattue...

– Vous parliez d'un adorateur...

– Gregory Borradaile. C'est lui l'Initié, le dévot prêt à tout pour voir cette entité recouvrer son pouvoir. Nul doute qu'il détient lui aussi un exemplaire du *Chant de la Reine Froide* – peut-être même l'original. À cette heure, il doit étudier le moyen de s'emparer de l'iceberg.

– Borradaile ? C'est un excentrique notoire mais de là à...

– Je SAIS que c'est lui. Nous nous connaissons, même si nous ne nous sommes jamais rencontrés. Il poursuit un rêve fou. Domestiquer Arkania, apprendre d'elle l'immortalité. Egaard prétendait avoir recueilli ce don du souffle de la reine durant leurs étreintes...

Rachel secoua la tête.

– Donnez-moi un argument pour ne pas vous croire.

– Ces choses-là n'arrivent que dans les contes ?

– À la façon dont vous le dites, je ne fermerai plus jamais l'œil. Que comptez-vous faire ?

– Gagner du temps. Tenir Gregory Borradaile à l'écart. Je dois encore chercher.

Mais si les adorateurs d'Arkania s'emparent de l'iceberg...

Rachel laissa échapper un petit rire.

– Je sais pourquoi vous me mettez dans la confidence... Vous savez pertinemment que je ne pourrai pas écrire un mot là-dessus...

– Pas sans risquer une camisole de force, en effet.

Rachel fronça les sourcils.

– Je ne suis pas du genre à renoncer. Que vous le souhaitiez ou non, nous sommes associés. Vous n'en avez pas fini avec moi. Professeur.

– Sûrement, maugréa-t-il tandis qu'il écoutait son pas décroître dans l'escalier.

LA TRAPPE

– Nous avons un problème, monsieur, annonça le docteur Tucker d'une voix sans timbre. La police refuse d'ôter les scellés jusqu'à la clôture de l'enquête et de nous laisser disposer du glacier... Par ailleurs, d'autres que nous s'y intéressent... Un professeur de Columbia et aussi cette journaliste qui se trouvait au phare de Selleca Point, Rachel Dangley. Je vous en ai déjà parlé. J'ai le sentiment qu'elle s'occupe de nos affaires d'un peu trop près.

Assis à contre-jour derrière le bureau en tôle boulonnée, Gregory Borradaile fut parcouru d'un tremblement, signe que la nouvelle lui procurait un vif désagrément. Dans la pièce, seul le ronronnement du climatiseur d'air froid fut audible. Une main veinée de mauve s'avança dans le cercle lumineux de la lampe. Tucker frissonna non seulement de froid, mais aussi de dégoût. Un temps s'écoula avant que le magnat prît la parole :

– Je vous avais confié une mission des plus délicates, docteur. Je m'étais fié à vous. Mais votre stupidité risque à présent de tout compromettre.

– Monsieur, je vous assure que...

Borradaile se dressa, découpant sa silhouette lilliputienne sur le fond gris de la baie vitrée. Sa voix n'était plus qu'un sifflement.

– Savez-vous quels moyens j'ai mis en œuvre pour localiser le tombeau de la reine Arkania et combien d'années il m'a fallu ? Non, bien sûr vous n'en avez aucune idée car vous êtes un esprit borné. Jamais l'expédition de Knud Anderson au pôle n'aurait dû échouer ! Jamais. Il suffisait que cet idiot de Danois rapatrie le corps dans la plus grande discrétion à bord du briseglace spécialement affrété qui attendait au large du Groenland. Au lieu de cela, malgré mes consignes, il a touché aux protections magiques. Pour amener le tombeau jusqu'à nous, docteur, j'ai usé de la magie la plus ténébreuse... Et quand nous touchons au but, quand il nous suffirait de le remorquer, vous...

Étouffé par la colère, Borradaile dut appliquer promptement un masque à oxygène sur sa bouche. Ainsi affublé, il ressemblait à quelque insecte blafard. Sa respiration haletante et rauque devint effrayante. Il se reprit à grand-peine :

– Pourquoi n'avoir pas accompagné ces deux marins à bord du remorqueur ? Ils ont paniqué. Ils ont laissé l'iceberg poursuivre sa route ! Je vous avais donné des directives. Rien de fâcheux ne serait arrivé si vous les aviez appliquées à la lettre. La reine serait déjà ici, trônant dans le palais que j'ai construit pour elle...

– Monsieur, j'ai le mal de mer. Je ne supporte pas le bateau. Je vous avais demandé de confier la tâche à quelqu'un d'autre...

Borradaile fit un signe imperceptible. Des recoins les plus sombres de la pièce, des silhouettes encapuchonnées émergèrent. À leur vue, Tucker trembla de la tête aux pieds.

– Monsieur, je vous en prie. Personne n'est en mesure de dire si cet iceberg contient la momie de cette reine. Ne portez pas de jugement aussi hâtif ! Personnellement, je crois que votre obsession vous égare...

– La momie ! Vous avez toujours été sceptique, Tucker. Vous n'avez jamais vraiment cru qu'Arkania, la Reine Immortelle, était une réalité. À maintes reprises, les frères m'ont rapporté votre comportement blasphématoire.

– Mais... Je suis un frère, moi aussi ! Tout dévoué à votre cause, et je l'ai assez prouvé ! Voyons, je me rachèterai. Vous savez quelle est ma loyauté...

Les moines se rapprochaient dangereusement. Dans son désespoir, Tucker saisit la main hideuse toujours posée sur le bureau et l'embrassa avec une répugnante servilité.

– Vous ne me feriez pas de mal, n'est-ce pas ?

– Au contraire, répondit Borradaile. Je m'en réjouis par avance. Adieu, docteur.

Tucker sentit le sol se dérober sous ses pieds. Il eut à peine le temps d'ouvrir la bouche. Un odieux courant d'air plaqua sa chemise sur son corps. Son cri fut couvert par le fracas du ressac... La trappe se referma sans un bruit. Borradaile passa aussitôt sa main souillée sous une rampe métallique. Une pulvérisation de gaz stérilisant se déclencha, décontaminant sa peau moite et laiteuse.

– Quelle horreur. Il m'a touché.

Il frissonna avant de dévisager les moines qui lui faisaient face.

– Frères, nous ne pouvons patienter plus longtemps. La reine doit se trouver ici dès la nuit prochaine. Puisque les autorités font la sourde oreille, nous nous passerons de leur consentement. En attendant, il ne faut rien laisser au hasard. Je vais m'occuper personnellement de cette journaliste. J'ai pris quelques renseignements sur elle. Je vais la convier à une interview. Et m'assurer de sa discrétion.

L'entretien avec Graymes n'avait pas mis Rachel de bonne humeur. Quand elle repassa au journal, dans l'après-midi, elle arborait sa tête des mauvais jours. Elle traversa le couloir comme une flèche, et ignorant saluts amicaux et lazzi que lui adressaient ses collègues masculins, elle s'enferma dans son bureau. Elle alluma fébrilement une cigarette, avant de laisser dériver son regard sur l'habituel paysage des tours de verre, des rues embouteillées. Cette fichue neige ne cesserait donc jamais... À peine si elle prêta attention à Chris, son rédacteur en chef, qui venait d'entrer. Un quadragénaire rondouillard, à la lèvre molle et à l'expression doucereuse.

– Quel accueil délirant ! plaisanta-t-il. Des problèmes, mon cœur ?

Elle rejeta en arrière une boucle de cheveux qui dansait sur son front, perforant son supérieur d'un regard noir.

– Aucun. J'ai donné à développer les photos de ce matin.

– Qu'est-ce que tu dis de l'iceberg ?

– J'ai presque terminé l'article.

– Mon opinion est qu'il ne faut pas s'attarder là-dessus.

Rachel tiqua :

– Tu n'étais pas de cet avis, ce matin, quand tu m'as envoyée sur le port. Tu voyais ça comme un feuilleton, pas vrai ?

Chris fourra les mains dans ses poches, embarrassé :

– J'ai eu le temps de gamberger. Bon, cette histoire de glacier cannibale, c'est amusant, mais au finish, on découvrira qu'il s'agit d'un simple concours de circonstances...

Rachel le dévisagea, soupçonneuse :

– Ne me dis pas que Borradaile fait partie du conseil d'administration du groupe ?

– Ben... Le mot d'ordre du jour, c'est de laisser tomber, tu comprends ?

– Écoute, cette histoire n'est pas claire. Elle a un rapport avec les tueurs du phare... Et Borradaile a peut-être de bonnes raisons pour que nous regardions ailleurs : je crois qu'il est lié à ces meurtres.

– Tu divagues ? Quel intérêt un type comme lui aurait à faire assassiner des gardiens de phare ? Oh, mais j'y suis... Je sais qui t'a mis de pareilles idées en tête.

– J'ai en effet discuté avec Graymes... Il pense que tout est lié à une affaire de sorcellerie.

– Ah ! Ebenezer Graymes, parlons-en. J'ai tâché d'obtenir quelques renseignements sur lui : le noir complet. Né à Epitaph en Nouvelle-Angleterre, sans autre précision. Pas d'état civil, donc pas de parents connus. On ignore jusqu'à son âge. Il enseigne effectivement à Columbia...

– Oui, la démonologie et les traditions anciennes.

– Exact. De temps en temps, il collabore avec la police dans des affaires de disparitions mystérieuses ou de meurtres rituels. Bien sûr, ça m'a mis la puce à l'oreille et j'ai contacté un de mes copains qui est assez branché sciences occultes. Eh bien, il a désigné le bon professeur Graymes comme... Attends, le terme exact, c'était : un Commandeur. Ça t'en bouche un coin ?

– Pas vraiment, non... C'est censé signifier quoi au juste ?

– Commandeur, se rengorgea Chris, dans le langage des occultistes, est un titre donné à un initié de haut rang qui veille au respect des pactes magiques, à l'équilibre des forces en présence sur un territoire donné. Une sorte de régulateur, de shérif, si tu préfères. Avoue que tu n'en savais rien... De toute évidence, celui qui détient cette charge ne désire pas la publicité. En tout cas te voilà prévenue... Laisse tomber le glaçon. Et sors une histoire sur ce Graymes ! C'est bien ce que tu voulais, non ?

Rachel ne répondit rien, songeuse. Elle se sentait coincée. Chris dut deviner ses scrupules et lui caressa tendrement la joue.

– Tu es une journaliste, ma chérie, et ton job est de raconter au grand public ce que d'autres veulent cacher. N'oublie jamais ça...

Elle repoussa sèchement la main qui s'attardait sur le lobe de son oreille. Chris se défendit :

– J'essaie seulement de t'aider ! Et n'oublie pas notre rendez-vous mardi...

– Mardi ? Quel rendez-vous ?

– Chinois ou mexicain ?

– Pizza solitaire et match de base-ball à la télé.

– Tu n'es pas cool. Moi j'ai tenu mes engagements. Quand tu m'as supplié, avec des arguments très convaincants, de te faire passer du rang de stagiaire à celui de reporter, j'ai donné mon feu vert... Tu as ton bureau, ton enquête. J'attends le renvoi d'ascenseur. Sinon...

Il fit un signe explicite avec son pouce sous la gorge. Rachel allait vertement répliquer quand le téléphone sonna. Elle décrocha. À l'autre bout du fil, elle entendit une voix grinçante.

– Rachel Dangley ?

– Allô ?

– Miss Dangley, je crois ?

– Je... Oui, qui est à l'appareil ?

– Gregory Borradaile.

Rachel resta muette de stupeur.

– Vous devez croire à une mauvaise plaisanterie, dit la voix. J'ai la réputation d'être en effet fort peu sociable. Mais on m'a parlé de vous comme d'une journaliste sérieuse et très douée. Vous vous intéressez à cette affaire d'iceberg. Je peux vous apporter certaines précisions d'ordre scientifique, si cela vous intéresse.

– C'est génial ! Hem... Oui, vous pensez bien ! Évidemment... Quand ?

– Tout de suite.

Rachel en avait la gorge sèche. Interviewer

Borradaile ? Nul journaliste n'avait jamais pu lui soutirer trois mots. Ce serait le scoop de sa carrière. Après ça, elle pourrait tirer sa révérence en beauté. Tous les journaux s'arracheraient sa signature.

– J'arrive, répondit-elle, haletante.

– J'en suis heureux. Dans une heure, à l'Institut.

Rachel raccrocha, ne sachant si elle devait danser de joie ou mourir de frayeur. Chris s'enquit :

– Qui c'était, pour te mettre dans un état pareil ?

– Borradaile ! Gregory Borradaile me propose une interview !

– Pas possible ! Ma chérie, oublie tout ce que j'ai dit. Reprenons nos relations à zéro, veux-tu ?

– Pas de problème. Elles n'ont jamais dépassé ce stade. Mon cœur.

L'écartant de son passage, elle saisit ses affaires à la volée et fila. Une heure pour atteindre Long Island... elle n'avait que le temps d'attraper un taxi. Dans le couloir, elle croisa le coursier du laboratoire.

– Rachel ! Tes photos !

Il lui tendit une enveloppe et s'esquiva en ajoutant :

– Message pour toi : arrête l'alcool !

Sans comprendre, la jeune femme vérifia

les clichés. Elle reçut comme un coup dans l'estomac. Ebenezer Graymes n'apparaissait sur aucun. Seulement une ombre ténébreuse, au centre d'un paysage voilé…

DÉCOUVERTE

L'après-midi touchait à sa fin lorsque le lieutenant Single regagna le commissariat de Manhattan est. Il n'avait aucun regret pour les taudis du Bronx où il avait fait ses premières armes. Ici, la peinture était fraîche et la machine à café ne tombait pas en panne à tout bout de champ. Comme il poussait la porte de son bureau, absorbé par la lecture du rapport d'autopsie, il éprouva soudain le sentiment d'une présence dans son dos. Il pivota, sachant à l'avance qui se tenait ainsi dans l'encoignure, près du distributeur d'eau. Ebenezer Graymes lui adressa un sourire figé.

– J'ai pensé que vous souhaiteriez connaître mon opinion sur cette curieuse affaire de l'iceberg cannibale...

Single pouffa :

– L'affaire de l'iceberg cannibale ? On dirait un titre de presse à sensation !

– Gagné.

Graymes déplia la dernière parution d'*Antigone* qu'il avait apportée avec lui. La manchette s'étalait en première page, photos racoleuses à l'appui. L'hilarité du policier fit place à une grimace. Fouillant dans le tiroir de la table, il prit deux comprimés et les jeta au fond de sa bouche.

– Bon sang, vous avez réveillé mon ulcère. Comme si j'avais besoin de ça...

– L'article est signé d'une journaliste de ma connaissance, une certaine Rachel Dangley... Elle est brillante, mais gagnerait à changer de registre. Qu'avez-vous l'intention de faire du bloc de glace, Single ?

– Rien pour l'instant. J'ai commandé des expertises, mais personne ne veut s'en charger. Je suppose que Gregory Borradaile use de son influence pour s'en assurer la primeur. Il a le bras long... Et moi, je n'aime pas qu'on me force la main. D'autant que ce Borradaile ne fait pas partie des gens que je définirais comme recommandables. Il est soupçonné depuis longtemps de verser des pots-de-vin aux autorités municipales, mais rien n'a jamais été prouvé. C'est un timbré. Il passe le plus clair de son temps dans une chambre froide.

– Curieuse habitude.

Single hocha la tête :

– Pour tout vous dire, mes supérieurs font pression pour que je boucle mon enquête. Dommage : des éléments nouveaux sont intervenus. Mais personne ne semble très pressé de les entendre. Nous avons extrait deux corps du bloc, ainsi que vous l'aviez prédit. L'un des pompiers s'est blessé durant l'opération... Une entaille à la jambe.

– Avez-vous identifié les cadavres ?

– Le patron de *La Polla,* Ramon Costa. L'autre homme a pu être identifié grâce à des documents retrouvés près de son squelette, comme s'il avait été grignoté en entier. Il s'agit d'un savant danois, Knud Anderson, bien connu des milieux scientifiques. Il a mené plusieurs expéditions dans l'Arctique. Il a disparu lors de la dernière en date, au nord du détroit de Nares, financée par qui, je vous le donne en mille ?

– Borradaile.

Single fut déçu de n'avoir pas réussi son effet.

– Exactement. Borradaile en a d'ailleurs organisé plusieurs autres au cours de ces dix dernières années. Toujours dans cette même zone, à l'extrême nord du Groenland. À croire qu'il cherche quelque chose...

– Il l'a trouvé.

– Nous avons fait une curieuse découverte : Anderson tenait encore cela à la main. Regardez…

Il exhiba un sac en plastique contenant une longue tresse de cheveux noirs. Graymes s'en empara avec une sorte de fièvre mal réprimée. Il plissa les yeux :

– Vous dites qu'il la tenait serrée dans sa main ?

– Nous ignorons à qui elle appartient. Je n'ai pas voulu faire d'analyses avant que vous la voyiez… Mais il y a mieux. Vous vous rappelez que Costa, le patron du petit remorqueur était accompagné de son frère, la nuit où ils ont rencontré l'iceberg. Nous avons d'abord cru qu'il s'était noyé en mer… Il n'en est rien. Il a été recueilli par des pêcheurs au petit matin, accroché à une bouée cloche, crevant de peur. Ils ont fini par le convaincre de venir me voir. Il est à côté. Mais il n'a quasiment pas ouvert la bouche.

Graymes souleva un sourcil intéressé.

– J'aimerais le voir.

– À votre aise…

Single ouvrit une porte latérale qui donnait sur une petite cellule carrée, privée de fenêtres et éclairée d'un plafonnier blafard. À l'extrémité d'une table, Mario Ramon, se triturait nerveusement les doigts, le regard absent. Il sursauta à l'entrée des deux hommes.

– Du calme, Mario, s'empressa de le rassurer Single. Je te présente quelqu'un qui peut te venir en aide, le profes...

Le Portoricain éclata d'un rire hystérique.

– Madre de dios, personne ne peut m'aider.

Il tremblait de tous ses membres, en proie à une terreur indescriptible. Graymes s'approcha et étendit sa main au-dessus de sa tête en marmonnant quelque chose dans une langue inconnue. Peu à peu, Mario se détendit. Il cessa de trembler. Ses yeux devinrent fixes.

– Vous n'êtes pas sorti en mer par hasard, l'autre nuit, suggéra Graymes en le couvant de son regard pénétrant.

– On... on avait un travail à faire, mon frère et moi.

– Quelle sorte de travail ?

– On devait remorquer un truc jusqu'à Long Island. Mais on ne savait pas de quoi il s'agissait. Un homme est venu trouver mon frère au bureau, un type important...

– Je le vois assez nettement. De petite taille, un certain embonpoint et une barbe en collier. Ne s'appelait-il pas Tucker ?

– Le docteur Tucker, c'est ça. C'est exactement ça. Il a ouvert une valise emplie de dollars. Mais il s'est contenté de donner la position du paquet à livrer. Il n'a pas voulu monter à bord pour nous indiquer la route. Il a dit qu'il avait le mal de mer. Alors on est parti sans lui.

– Il faisait noir. Il y avait de la brume. Une bouée cloche sonnait...

– Oui... C'est ça... Et puis ça nous a heurté par l'arrière et... et... Mon frère a voulu l'amarrer. Il est monté au sommet, et alors quelque chose l'a attrapé. Quelque chose à l'intérieur... J'ai vu une figure. C'était...

La tension devint si forte que Mario se renversa en arrière, comme s'il cherchait à fuir quelque vision insupportable. Graymes claqua dans ses doigts et rompit le contact. Le jeune homme tomba dans une soudaine catalepsie. Très impressionné par la scène, Single lui souleva les paupières :

– J'espère qu'il n'a pas fait un arrêt cardiaque...

– Non, le rassura le démonologue. Mais un peu de repos lui fera le plus grand bien. Il a subi un sérieux traumatisme. Si nous avions le moindre doute, il est levé. Il va falloir tôt ou tard que je rencontre Gregory Borradaile. À bientôt, Single !

Discrètement, il glissa le sachet plastique dans sa poche.

À la lueur blême de la lampe, Graymes examina minutieusement la longue mèche de cheveux noirs qui s'enroulait autour de son doigt, souple et chaude, presque vivante... De son autre main, il saisit un grimoire usé par d'innombrables lectures et en feuilleta avec précaution les pages craquelées et jaunies.

Alors après la sanglante bataille d'Ilfräsil,
La reine qui avait frôlé la mort rendit grâce à Wotan.
Elle décida de lui sacrifier sa chevelure,
Par crainte qu'un jour quelque guerrier
L'en étouffe au combat...
Elle dressa un bûcher
Où une à une elle brûla ses belles tresses.
Et tandis que les flammes montaient haut dans le ciel,
Elle montra son crâne chauve à la lune
En niant désormais qu'il y eût encore en elle
Rien de vivant.
Sans doute était-ce la vérité,
Car après cette nuit,
Jamais ses cheveux ne repoussèrent.

Neuvième Livre du Chant de la Reine Froide.

Étrange poème, aux vers sibyllins. Mais pour quelque sombre raison, une personne avait sauvé une mèche de la destruction. Avait-elle l'intention de nuire à Arkania, ou de se prémunir contre une éventuelle attaque ? Tout en torsadant cette fine lanière de brins ondoyants, Graymes sentit des sensations étranges envahir son esprit. Des images d'un passé crépusculaire dansèrent devant ses yeux.

En niant désormais qu'il y eût encore en elle rien de vivant...

Graymes referma sèchement le grimoire. Il avait acquis la conviction que ces mots détenaient la clé. Il sentait la solution à sa portée. Il termina la torsade, songeur.

INTERVIEW GLACIALE

L'Institut de Cryogénie apparut au détour d'une route sinueuse, déroutante architecture gothique flanquée d'un belvédère métallique comme suspendu au-dessus des récifs côtiers. La neige entassée alentour lui donnait l'apparence de quelque monstre de tôle boulonnée tombé en hibernation. Nourri sur les fonds propres de Gregory Borradaile, ce laboratoire était l'un des plus réputés dans sa spécialité.

Le taxi glissa devant la grille noire. Aussitôt, deux gardes du corps emmitouflés dans des pelisses se matérialisèrent.

– Vous êtes Rachel Dangley ? lança l'un d'eux.

Rachel montra sa carte de presse par la portière.

– C'est bon. Entrez.

La jeune journaliste recommanda au

chauffeur de l'attendre et suivit l'un des gardes à travers un jardin à la française impuissant à dissiper le malaise dégagé par ce bunker biscornu. La peur, qui s'était doucement diluée dans la surexcitation, refit surface. Rachel s'arrêta une seconde sur le perron, prêtant l'oreille au grondement sourd du ressac. La porte d'entrée s'ouvrit. Un majordome stylé se pressa aussitôt, armé d'une télécommande. Interloquée, Rachel ne fut pas pour autant mécontente de se mettre à l'abri des bourrasques.

– Monsieur Borradaile vous attend.

Elle se laissa guider à travers un vaste hall désert, jusqu'à un ascenseur au design de coffre-fort.

– Je dois vous indiquer, précisa l'employé avec componction, que monsieur Borradaile ne supporte aucune température au-dessus de 0°. Pour les visiteurs peu habitués, il convient de prendre quelques précautions…

Sur ces paroles, il pointa sa télécommande sur un capteur. Le monte-charge s'ouvrit sans bruit. Hésitante, Rachel y prit place. Aspirée vers le haut, elle stoppa quelques secondes plus tard. D'un pas prudent, elle s'aventura dans un couloir sombre, moquetté de rouge. À son approche l'épaisse porte de fer qui en marquait l'extrémité s'ouvrit dans un souffle. La jeune femme pénétra dans une vaste pièce circulaire où régnait un froid polaire. Elle ramena précipitamment son col sur sa gorge. La vue de la large verrière teintée lui fit soupçonner qu'elle se trouvait à l'intérieur du belvédère qu'elle avait remarqué en arrivant.

– La température est sûrement un peu fraîche pour vous, jeune demoiselle, lança une voix dans la semi-pénombre. Mais vous verrez que l'organisme s'accoutume très vite. De surcroît, c'est excellent pour le teint. Bienvenue.

Rachel faillit répliquer que son réfrigérateur lui-même offrait un climat plus acceptable. Jusqu'alors invisible, Borradaile s'avança dans la lumière bleutée générée par les plafonniers judicieusement disposés. Rachel ne put s'empêcher un mouvement de surprise. L'homme mesurait à peine un mètre cinquante. Il était si frêle, si minuscule qu'on aurait pu craindre qu'il ne se brise au moindre courant d'air. Une écœurante couche de maquillage dissimulait tant bien que mal le teint bilieux de sa figure. Vêtu d'un simple frac, il ne semblait pourtant nullement incommodé par le froid.

Il détailla sa visiteuse d'un regard brillant, teinté de gourmandise. La gourmandise d'une araignée devant un moucheron appétissant. Rachel masqua difficilement sa répulsion, tendit la main. Borradaile n'y prêta aucune attention. Il leva un doigt vers le ciel en guise d'avertissement.

– Pas de photos ! laissa-t-il tomber tout de go. J'interdis les photos. Et pas de contacts. J'évite tout contact.

– Est-ce que vous m'autorisez au moins à enregistrer vos propos ?

– Si cela vous chante. N'êtes-vous pas venue pour cela ?

Borradaile se tapit derrière la grande table ovale équipée d'appareillages étranges et de tuyaux cannelés. Rachel prit place sur un siège dans lequel elle s'enfonça doucement. Borradaile laissa échapper un petit rire.

– Voyez-vous, je dirige mes affaires d'ici et parce que je n'aime pas me montrer, bien des ragots circulent sur mon compte, tous erronés, je vous assure.

Rachel prit son courage à deux mains.

– Cet environnement frisquet donne quand même à penser que vous êtes disons… de nature excentrique ?

– Excentrique ? répéta Borradaile.

Il rejeta son visage dans l'ombre, comme

soucieux de ne pas rendre son agacement visible.

– Excentrique, dites-vous ? Vous ne m'appliqueriez pas ce terme si vous me connaissiez mieux, si vous saviez ce que je sais.

Il marqua un temps.

– J'ai depuis mon plus jeune âge été fasciné par les problèmes d'hibernation. J'ai pris part à de nombreuses expéditions au pôle dans le temps. Savez-vous que ce climat rigoureux est le plus sain qui soit ? Ni bactéries ni maladies ne peuvent se développer dans un tel environnement. Que les Inuit, outre qu'ils vivent jusqu'à un âge avancé, ne voient jamais leurs cheveux blanchir ?

Borradaile lissa machinalement ses rares cheveux argentés.

– *Antigone* est un torchon, miss Dangley. Sans vous faire offense. Jusqu'alors, j'ai pris soin de dissuader vos confrères de m'importuner. Pour vous je fais une exception. Alors posez-moi des questions sensées...

Du coup, Rachel ne sut plus trop quoi dire. Elle décida d'attaquer de front, dans l'espoir de provoquer une réaction.

– Vous intéressez-vous aux traditions anciennes... aux... aux démons ?

Le magnat partit d'un bruyant éclat de rire.

– Miss Dangley, voyez-vous ici quelque

chose qui évoque de près ou de loin le monde des magiciens ? Je suis un scientifique, voyons. J'ai bâti ma fortune sur l'extraction du pétrole, des minerais, en particulier sous la banquise. Ce moratoire absurde qui l'interdisait allait contre le bon sens. J'ai été de ceux qui ont contribué à le faire lever. Nous avons tant à apprendre de la glace. Elle recèle bien des secrets encore ignorés de l'humanité.

– Justement. Quelle est votre opinion d'expert sur cet iceberg qui a dérivé jusqu'aux portes de New York ?

– Les courants polaires peuvent avoir des effets inattendus. Malheureusement, au lieu de faciliter l'étude de ce cas unique, les autorités nous empêchent d'en approcher. Notez bien cela, chère demoiselle... Je suppose que l'on vous a souvent fait compliment de votre beauté, n'est-ce pas ?

– Hem... En réalité, vous regrettez donc de...

Borradaile plissa les yeux, admiratif.

– Votre teint, votre regard, tout en vous me rappelle certaine personne que j'ai connue autrefois. Fascinant. Vous avez du sang norvégien dans les veines, c'est certain.

Rachel avait toutes les peines du monde à conserver à cet entretien le ton professionnel requis. Cette façon dont son interlocuteur la détaillait lui donnait la chair de poule.

– Merci. Mais ces deux cadavres dégagés de la glace soulèvent pas mal de questions…

– Il s'agit d'accidents purs et simples. La police finira par en convenir. Savez-vous que certains icebergs sont vieux de milliers d'années et pourraient témoigner de l'époque où les civilisations hyperboréennes dominaient le sommet du monde ? Des civilisations oubliées, ou volontairement éclipsées par les historiens. La banquise n'a pas toujours encerclé le pôle. Il fut un temps où des plaines verdoyantes s'étendaient au nord du 80e parallèle, parcourues par des hordes sauvages…

Borradaile dissertait d'une voix enflammée.

– Vous en parlez comme si vous aviez connu ce temps…

– Je l'ai connu, miss Dangley. Je l'ai connu, en effet. Croyez-vous en la réincarnation ? Pour ma part, je suis convaincu que l'homme connaît plusieurs vies avant d'atteindre un état supérieur. Et moi, je sais ce qu'ont été mes vies antérieures. C'est un rare privilège.

– Et qu'avez-vous été, en cette époque reculée ?

– J'étais un barde. Je composais des chants.

– À la gloire de la reine Arkania ?

Borradaile s'avança de nouveau dans le rayon de lumière, manifestement surpris.

– Comment le savez-vous ?

– Une connaissance… Je veux dire…

– Serait-ce certain professeur de l'université de Columbia ? Oui, bien sûr. Lui seul a pu vous parler du *Chant de la Reine Froide*.

– Un recueil de poésies, non ?

– Bien plus. Un ouvrage magique. Prophétique. Pour répondre à votre question, oui. Oui, j'ai été Hakan Egaard… J'ai composé à la gloire d'Arkania, une souveraine comme la Terre n'en porta plus jamais… Une souveraine qui connaissait les puissances souterraines et fut enfantée par Wotan lui-même… Mais vous devez me prendre pour un fou. J'ai si peu l'habitude de me confier, voyez-vous, que ce qui m'apparaît à moi comme une réalité vivante peut sembler ridicule à autrui…

– On raconte qu'Arkania détenait le secret de l'éternelle jeunesse… Et qu'elle le transmit à certains de ses amants. Cherchez-vous l'immortalité ?

– Une autre question.

– Êtes-vous seul à vouer ce culte à la reine Arkania ?

– Me soupçonneriez-vous d'entretenir quelque secte ? Et pourquoi pas de me livrer à des sacrifices rituels en vue de m'attirer les faveurs de quelque sombre divinité... C'est trop risible.

– Je connais quelqu'un qui le pense.

– Votre ami de Columbia ? Le professeur Ebenezer Graymes ?

Dans sa bouche, le nom prit une consonance grinçante.

– Miss Dangley, j'ai beaucoup d'ennemis compte tenu de ma situation. Graymes est l'un d'eux. C'est un fou, dont la présence au sein de l'université de Columbia déshonore nos institutions... Cet homme devrait être enfermé. Il prétend à l'existence de mondes parallèles peuplés de démons, et autres fadaises d'un autre âge. Et pire, il les enseigne aux jeunes générations. Pathétique.

– Mais vous-même croyez bien à la réincarnation...

– Ce n'est pas la même chose.

– Pensez-vous que l'arrivée de cet iceberg soit en rapport avec cette récente affaire de meurtres dans certains phares de la côte ?

La respiration de Borradaile se fit plus difficile.

– Votre profession comporte un grave inconvénient, miss Dangley. À trop vouloir fouiner, on découvre parfois des choses qui devraient demeurer dans l'ombre. Méditez là-dessus, tant...

L'interphone grésilla :

– Monsieur, un visiteur qui se prétend l'assistant de la journaliste est à la grille... Que fait-on ?

Borradaile pressa un bouton. Un écran de contrôle jaillit devant lui. En avisant la longue silhouette vêtue de noir, il ne put réprimer un frémissement. Il reporta son attention sur Rachel.

– Inutile de le laisser entrer. Miss Dangley s'en va...

La gorge sèche, Rachel se leva précipitamment.

– Je vous remercie encore. Ce fut un immense privilège de pouvoir vous rencontrer monsieur Borradaile.

– Je crains de vous avoir fait mauvaise impression. Vous savez, le manque de contact avec l'extérieur me rend parfois bourru. Songez à ce que je vous ai dit... Une si ravissante personne ne devrait jamais courir le moindre risque...

Rachel comprit le message. Elle ne saurait jamais à quoi elle avait échappé.

– Euh... merci...

À l'autre bout de la pièce, la porte blindée

fit entendre son grincement sinistre. Comme une invitation.

– Je ne vous raccompagne pas. Vous connaissez le chemin...

Borradaile la couva d'un regard cauteleux tandis qu'elle prenait congé. Sitôt que la porte blindée se fut refermée, son masque tomba. Rongeant son frein, il considéra son écran. L'homme en noir n'avait pas bougé. Debout devant la grille, il semblait le dévisager lui aussi. Peu importait dans le fond. Dans quelques heures, tout serait joué.

– Graymes, je ne sais pas si je dois vous arracher les yeux ou vous exprimer de la reconnaissance, grommela Rachel tandis que le taxi la déposait devant chez elle.

Ils n'avaient pas échangé un mot durant le trajet.

– J'opte pour la reconnaissance, répondit le démonologue en l'accompagnant jusqu'à l'entrée de l'immeuble. Mieux valait ne pas vous laisser plus longtemps entre les mains de Borradaile. À l'avenir, évitez-le.

Rachel considéra le flux des passants engoncés dans leurs pardessus. Quelques flocons s'écrasaient mollement sur la chaussée luisante.

– Savez-vous qu'il se prend pour la réincarnation du barde ? Et qu'il m'a avoué sans détour vouer une adoration sans borne à la reine Arkania ? Il en parle comme s'il l'avait personnellement connue.

– C'est sûrement le cas.

– Vous ne parlez pas sérieusement ?

– Il existe dans l'univers des lignes de force ignorées des mathématiques, des sanctuaires inexplorés, des dimensions à la mesure du cosmos inconnues du commun des hommes. Parce qu'elle est l'un des rares mondes vivants, la Terre se trouve au confluent de ces forces. Elle représente pour certaines entités un pôle à conquérir. Parfois, l'une d'elles se manifeste, tente à nouveau de fonder une domination quelconque... Et certains gardiens doivent alors intervenir. Veiller sur les pactes qui sont les garanties et les protections secrètes du monde. De cette ville.

– C'est cela, être un Commandeur ?

Graymes abaissa sur elle son regard de feu. Il parut soudain à Rachel que la rue, les immeubles, les gens, disparaissaient autour d'elle et que des étoiles se mettaient à danser...

– Ne vous approchez plus de moi, dit

Graymes. Mon monde vit de secrets et de terreurs. Vous n'êtes pas de force à connaître cette vérité-là. Je ne tiens pas à ce qu'il vous arrive malheur.

Il effleura sa joue de son ongle noir. Rachel vacilla. Quand elle recouvra ses esprits, elle était seule. Parmi la foule.

QUAI 67

À l'approche du ponton, Jonas le Borgne coupa le moteur et laissa son rafiot filer sur son erre. Des nénuphars de givre étoilaient le bassin. La température polaire rendait la respiration difficile, mais le rude gaillard n'en avait cure. Il avait jadis navigué sur bien des océans, connu le naufrage, les requins et bien d'autres catastrophes que seuls les marins au long cours peuvent énumérer. À la faveur de l'obscurité, il s'était faufilé sans peine dans la rade. Il en connaissait les moindres recoins, savait se blottir dans l'ombre des cargos immobiles ou profiter du passage d'un nuage. Nul ne l'avait vu mettre le cap sur le quai 67.

Depuis près d'un demi-siècle que Jonas traînait sa vieille carcasse parmi les docks, plus personne ne prêtait attention à lui ; il faisait comme partie du paysage. Le Borgne

– son œil gauche avait sauté d'un coup de couteau dans le temps, au cours d'une bagarre d'ivrognes – s'était reconverti dans le commerce, après que la lassitude des voyages l'eut gagné. Il avait repris une fabrique de glace un peu plus bas sur le fleuve. La dernière de son espèce, coulant des pains à l'ancienne dans des gabarits de bois et découpée à la scie mécanique. Pas de ces saletés qui sortaient des machines électriques, non-non… Sa glace à lui, il la livrait encore sous forme de beaux pains blancs et rectangulaires, qu'il coltinait sur son dos malgré son âge. Il avait une clientèle d'habitués, en particulier les poissonniers du marché de Fulton.

Tandis qu'il approchait, son bonnet enfoncé jusqu'aux sourcils, il éprouva la sensation bizarre qu'une lumière brillait sous la bâche dont les autorités avaient soigneusement recouvert l'iceberg. Peut-être était-ce l'effet d'un reflet à la surface de l'eau presque gelée. Ce soir, cette maudite lune éclairait comme en plein jour. Jonas avait comme tout le monde entendu la nouvelle, mais elle avait suscité chez lui une curiosité d'un autre genre. Fidèle à sa passion, Jonas désirait étudier de près cet échantillon.

Il s'approcha donc de l'iceberg, coupa les

cordes qui tendaient la bâche avec son couteau, avant de prélever un cube qu'il suçota d'un air pénétré. Il le recracha presque aussitôt. La saveur en était salée, assortie d'un arrière-goût amer. Mais la qualité de la texture le convainquit que c'était une affaire. Il braqua sa torche électrique sur la paroi, scrutant les profondeurs du bloc. Sur la hauteur, il aperçut un étrange piton torsadé dont le manche émergeait. Les gens avaient décidément de drôles d'idées. Amarrant son esquif, le loup de mer s'accrocha aux aspérités, et avec une aisance qu'eussent envié des plus jeunes, se hissa jusqu'au sommet. Non sans peine, car il était profondément enfoncé, il retira l'instrument et le jeta négligemment dans les eaux du port.

Soudain, quelque chose le fit bondir en arrière. Perdant l'équilibre, il manqua tomber à l'eau. L'espace d'un instant, il lui avait semblé apercevoir... Non, c'était impossible ! Il rit de sa frayeur. Son reflet, rien d'autre. Qu'allait-il donc imaginer ? Il ne croyait pas un traître mot aux titres des journaux. Un glacier cannibale ! Quelle ridicule invention de journaliste...

Suspendant sa lampe, il fouilla dans son grand sac de cuir, à la recherche de ses instruments. Avant une heure, il aurait débité une bonne partie du bloc qu'il lui suffirait ensuite de remorquer jusqu'à la rive opposée. Un jeu d'enfant. Il imaginait la tête des mareyeurs, demain, quand il leur raconterait d'où provenait ce chargement. À coup sûr, l'affaire risquait de lui rapporter. Tandis qu'il s'activait de la sorte, le vent se leva, qui le fit frissonner jusqu'aux os. Il passa la main sur sa langue, enduisit la surface brillante de sa salive. Un sourire ravi découvrit ses chicots jaunis.

Il ajusta la pointe effilée du pic à glace, leva son marteau…

Rachel roulait au ralenti, longeant les entrepôts déserts. Une épaisse couche de neige gommait la chaussée. La jeune femme éteignit ses phares et blottit sa voiture dans l'ombre d'une grue. Hésitante, elle resta de longues minutes à scruter les environs. Elle se demanda ce qu'elle fichait là au lieu d'être au lit avec une tisane bouillante. Mais c'était plus fort qu'elle. Se pouvait-il vraiment que l'iceberg fût habité par une entité vivante, issue de temps oubliés ? Elle voulait être sûre.

Son appareil en bandoulière, elle courut jusqu'au quai 67, clos par un ruban jaune de la police. Le bloc était toujours amarré, recouvert d'une bâche. Personne n'était de faction. Seul un bureau dans le bâtiment des douanes était éclairé. Et il était vide. La voie était libre. Rachel se laissa glisser le long de l'échelle de fer et atterrit sur le ponton.

Elle se faufila sous la bâche et alluma la lampe qu'elle avait pris soin d'emporter. Elle ne put s'empêcher de frissonner. Seul un goutte-à-goutte troublait le silence. S'accrochant à la paroi, elle parvint à se hisser jusqu'à une plate-forme. Elle scruta la surface dépolie, en quête du piton que Graymes y avait planté, mais en vain... Apparemment, il avait été enlevé. Elle allait poursuivre méthodiquement son ascension, s'interrogeant sur cette disparition, lorsqu'une poigne d'acier se referma sur son cou. Avant qu'elle ait pu pousser un cri, elle se sentit soulevée dans les airs. Graymes la déposa devant lui, et la fixa d'un regard mauvais :

– Qu'est-ce que vous avez fait ?

– Moi ? Mais... Que... fait quoi ?

– Royaume de ténèbres ! jura-t-il. Si ce n'est pas vous, qui a enlevé la protection que j'avais placée ici ?

Son regard scruta le bassin où rôdaient des filaments de brume. Il avisa une petite embarcation vide qui dérivait dans un chenal.

– Quelqu'un d'autre est venu, constata-t-il.

– Vous devriez plutôt vous excuser ! s'offusqua Rachel. On n'a pas idée de flanquer des peurs pareilles !

Graymes ne lui fit pas l'aumône d'une réponse. Ses yeux scrutèrent le ciel. Il renifla bruyamment, à la façon d'un animal qui hume l'odeur d'une présence. Suspendu en équilibre, il ressemblait davantage à quelque gargouille décharnée qu'à un être humain. Il se pencha pour examiner la base de l'iceberg. Il découvrit soudain un visage bleui tourné vers lui, exprimant une supplique muette. Le reste du corps disparaissait complètement à l'intérieur de l'iceberg. Quelque malheureux s'était pour une raison inconnue approché de trop près du redoutable sanctuaire…

Sa stupeur fut de courte durée. Il se tourna vers Rachel, et sans lui laisser le temps de regarder à son tour, la jeta sur son épaule. Avant qu'elle ait eu le loisir de protester, il avait déjà atterri sur le ponton avec une souplesse incroyable. Il la laissa doucement glisser jusqu'au sol. La jeune femme en eut le souffle coupé.

– Ne me refaites jamais un truc pareil ! Et d'abord, qu'est-ce que vous avez vu là-haut ?

Graymes allait répondre lorsqu'un terrible coup de boutoir ébranla les profondeurs du bloc.

– Mon Dieu...

– Éloignez-vous...

À cet instant, une lumière irréelle irisa les flancs luisants. Une silhouette inhumaine, monstrueuse, se découpa en ombre chinoise, dont seuls étaient visibles les yeux blancs... Des yeux vivants, des yeux qui bougeaient et voyaient. Rachel se sentit glacée jusqu'aux os. D'un mouvement rapide, la forme se tapit tout contre la paroi et se mit à gratter furieusement.

– Elle est vivante, s'écria Rachel. Elle veut sortir !

– Elle n'y arrivera pas. Pas tant que je serai là.

Graymes traça dans les airs un symbole ésotérique et marmonna un chant sourd. La créature s'immobilisa, mais dans le regard qu'elle porta à l'occultiste se lisait une haine inconcevable et millénaire.

À cet instant, un halètement sourd troubla le silence. Un projecteur inonda le quai d'une clarté aveuglante. Prise dans le faisceau, Rachel mit sa main en visière. Un puissant hélicoptère avait surgi dans un souffle de derrière les baraquements. Immobilisé à quelques mètres seulement au-dessus de l'iceberg, il abaissait dangereusement ses pales soulevant la neige en spectres poudreux.

Des coups de feu éclatèrent soudain, tirés depuis le cockpit. Graymes n'eut que le temps de saisir la jeune femme et de bondir à l'abri. Le faisceau scruta méthodiquement les alentours, cherchant leur trace en vain. Des hommes en combinaison noire se laissèrent glisser le long d'un filin. Promptement, ils enlacèrent l'iceberg de câbles métalliques, crochèrent des mousquetons, arrimant le bloc en un clin d'œil. Ils levèrent un pouce en guise de feu vert. Aussitôt des treuils entrèrent en action, les filins se tendirent. L'appareil prit de l'altitude avec une infinie douceur et l'iceberg dégoulinant s'éleva dans les airs avec une grâce majestueuse. L'opération n'avait pas duré plus de quelques minutes.

Les membres du commando le suivirent des yeux qui s'éloignait vers le nord. Puis sortant de courtes mitraillettes Uzi, ils se dispersèrent parmi les entrepôts à l'exception d'un seul qui demeura sur le quai à faire le guet. Graymes n'avait rien perdu de la scène. Il retira lentement sa main gantée de la bouche de Rachel et lui fit un signe explicite de ne pas remuer un cil. Même si elle l'avait voulu, la peur qui paralysait la jeune femme ne lui en aurait guère donné la possibilité.

Le démonologue se glissa silencieusement hors du baril rouillé où ils avaient trouvé refuge. Il surgit tel un fauve derrière l'homme et d'une simple clé au cou, lui brisa la nuque. Il le laissa s'affaisser sans bruit, avant de pister ses compagnons qui avaient pris un peu d'avance. Se tournant vers Rachel, il lui signifia de venir le rejoindre.

– Suivons la jetée, lui souffla-t-il sitôt qu'elle fut près de lui. Nous avons une chance de filer par là.

– Ces dingues en ont après nous, vous croyez ?

– Allez leur demander !

Il prit la jeune femme par le bras et s'élança dans l'obscurité. Malgré tous ses efforts, elle avait peine à suivre sa longue foulée. Comme ils tournaient l'angle du quai, ils eurent la mauvaise surprise de découvrir un homme de faction ici aussi. Le périmètre avait été manifestement bouclé par des renforts venus par voie terrestre. Abandonnant sa protégée, Graymes escalada une pyramide de caisses et bondit sur le toit de l'entrepôt surplombant la sentinelle. Arrivé à sa verticale, il se suspendit par les pieds telle une chauve-souris et l'agrippant vigoureusement, l'enleva dans les airs sans lui donner le temps de pousser le moindre cri.

Il reparut un instant plus tard, son ombre démesurée s'allongeant dans un rayon de lune. À son signal, Rachel se mit à courir sur la voie ainsi dégagée, le cœur battant. Il atterrit près d'elle sans plus de bruit qu'une feuille morte. Elle poussa un cri de surprise.

– Bon sang, n'êtes-vous donc pas capable de vous annoncer comme tout le monde ?

Un feulement retroussa ses lèvres tandis qu'il repoussait la jeune femme sans ménagement.

– Courez !

Sans plus se soucier d'elle, il volta et des profondeurs de son macfarlane tira sa longue épée. L'homme qui se ruait sur lui armé d'une machette le dépassa, emporté par son élan. Graymes l'embrocha sans qu'aucune expression vînt troubler le marbre de son visage. D'un toit voisin, une mitraillette crépita. Les balles sifflèrent autour de lui. Il dut trouver refuge dans une impasse. Le chef du commando se précipita à sa suite, certain de tenir sa victoire. Arme à la hanche, il s'avança à pas de loup dans le noir. Il eut l'idée d'allumer sa torche électrique. Ce geste lui fut fatal. Un éclair jaillit devant ses yeux. L'épaule transpercée par un coup d'épée, il tomba à la renverse et le pistolet-mitrailleur lui échappa.

Graymes se matérialisa devant lui, sa figure blême se découpant sur la lune ronde. Un sourire passa sur les lèvres du fanatique :

– Vous ne pouvez rien contre nous. Arkania nous protège. Nous allons devenir immortels.

– Pas toi.

Saisissant sa lame à deux mains, Graymes lui trancha la tête, et tourna les talons sans un regard en arrière. Il se mit en quête de Rachel. Où diable était-elle passée ? Il éprouva soudain un sombre pressentiment. Rachel... Quelque part, le moteur d'une voiture pétarada, des pneus crissèrent. Il pesta.

À la faveur d'un rayon de lune, le fleuve gelé réfléchissait les tours lumineuses de Manhattan...

LE PALAIS DE GLACE

Rachel s'ébroua, la tête lourde. Ses paupières pesaient des tonnes. Un engourdissement douloureux paralysait son corps tout entier. Elle avait si froid… Elle découvrit le paysage brouillé d'une étendue de glace au centre duquel elle se trouvait enchaînée debout, adossée à une paroi. À l'arrière-plan, une architecture extravagante et déchiquetée se dressait dans la semi-pénombre, évoquant quelque tour fantastique d'un autre âge. Autour d'elle, de hauts cierges noirs dispensaient une clarté primitive et insidieuse. La jeune femme eut peine à croire que tout cela était réel.

« Voyons, Rachel, songea-t-elle, il est temps de te réveiller. Ne sois pas stupide. Tu n'as pas pu prendre l'avion pour le pôle, tu t'en souviendrais… »

En revanche, la jeune femme se souvint

des deux moines qui s'étaient jetés sur elle et lui avaient enfoncé une seringue dans le bras. Après, il n'y avait eu qu'un grand trou noir. Comme sa vision s'éclaircissait, elle reconnut soudain le glacier qui la surplombait de plusieurs mètres. Il lui sembla deviner à l'intérieur d'inquiétants remous. Elle s'efforça de bouger, mais elle se sentait sans force.

Un chant monotone, étouffé, attira son attention. Plus bas, sur les marches de ce palais féerique, des moines s'étaient rassemblés en grand nombre. Prosternés, ils étaient absorbés dans une fervente incantation. Ils semblaient attendre quelque chose. L'un d'eux se détacha du groupe et s'inclina dans un simulacre de galanterie.

– Miss Dangley, quel honneur de vous compter parmi nous...

Rachel sentit sa gorge se serrer.

– Détachez-moi !

Gregory Borradaile ricana sous sa cagoule.

– Ma chère, vous ne voudriez pas nous faire faux bond ? Nous sommes réunis ce soir pour une grande célébration. Nous fêtons l'avènement d'une ère nouvelle.

– De paix et de prospérité ? railla-t-elle.

– Quand l'univers entier n'est que bouillonnement ? répliqua Borradaile avec grandiloquence. Quand les mondes s'entrechoquent et que les étoiles explosent ? La paix est une ridicule invention humaine, niée par l'existence même du cosmos.

– Quel poète vous faites, Borradaile…

Le délicat personnage frémit de plaisir, feignant d'ignorer l'ironie du compliment, à tel point que l'air parut lui manquer et qu'il dut soulever son ridicule capuchon pour appliquer promptement son masque à oxygène sur son nez. Il respira plusieurs fois bruyamment. Quand il put retrouver l'usage de la parole, il répondit sur un ton dégagé :

– Chère demoiselle, j'ai chanté jadis, dans des temps si anciens que le monde a oublié leur existence. J'ai chanté les rites barbares, les batailles féroces et la colère des dieux de la nuit. Mes sagas étaient légendaires… Et moi…

Sa main arachnéenne s'approcha du visage de la prisonnière, hésita un instant, avant de se retirer. Rachel soupira de soulagement. La perspective de sentir cette peau veinée de bleu sur la sienne lui donnait envie de vomir. Déjà, le magnat poursuivait :

– Avez-vous jamais entendu parler du dieu Wotan à l'œil unique, qui grava sur son épieu les runes qui gouvernent le monde ? De Donner déclenchant la foudre avec son marteau ? Et d'Arkania, la reine guerrière, la Reine Froide ainsi que je la nommais... Car elle ne connaissait ni pitié, ni aucun tourment de l'âme humaine. Elle combattit les rois de Thulé et vainquit, profana bien des temples et rasa bien des cités. De son père, elle hérita de l'immortalité... De son barde maudit, amateur de poésies et de tortures raffinées, Hakan Egaard, elle connut les bonheurs de la passion terrestre...

Rachel considéra le répugnant gnome.

– La perverse... marmonna-t-elle.

Les chants cessèrent brutalement. Borradaile abaissa de nouveau sa cagoule sur ses traits. Rachel eut la sensation qu'il se passait quelque chose. Elle tourna les yeux. Ce qu'elle vit alors lui arracha un cri dont elle ne se serait jamais crue capable...

Les rugissants qui s'écrasaient sur la falaise rappelaient à Graymes une autre côte déchiquetée, dans un lointain pays dont sa mémoire n'avait conservé que quelques lambeaux de souvenir. Il se rappelait une tour solitaire, tordue comme un chapeau de magicien. Il se rappelait des fanfares royales et le bruissement des armures. Une autre vie, qui parfois ressurgissait devant ses yeux.

Bras croisés, le menton sur la poitrine, l'occultiste offrait sa silhouette songeuse aux éléments déchaînés. Entre les nuages noirs et ventrus, la lune laissa filtrer un rayon aussi ténu qu'un fil d'or. Doucement, il leva son visage vers l'éternité des ténèbres, et ses yeux brillèrent d'un éclat sanguinaire...

En avisant l'homme tout de noir vêtu qui remontait l'allée à grandes enjambées, la première réaction du vigile fut de porter son émetteur à la bouche. Quelque chose pourtant l'en dissuada. Il n'aurait su dire quoi. Peut-être la manière anormale dont l'homme marchait droit vers lui, le fixant de ses yeux luisants.

– Bonsoir mon ami. Je suis en retard. Je crains d'avoir égaré mon invitation.

– Eh, minute ! Comment se fait-il que les gars de la grille vous aient laissé passer...

– Ils n'ont fait aucune difficulté, je vous assure. D'ailleurs c'est sans importance...

Le cerbère battit des paupières sous le regard pénétrant :

– C'est sans importance...

– Où se passe la cérémonie ?

– En bas. Au palais de glace.

– Merci, mon ami.

– Merci, mon ami, répéta le garde en s'effaçant pour laisser entrer l'étrange personnage.

Soudain, l'émetteur émit un chuintement strident :

– Hey Jack, on se les gèle, hein ?

Jack s'ébroua, regarda autour de lui, éberlué, avant d'actionner l'interrupteur :

– J'ai eu l'impression de... Personne à signaler à la grille ?

– Rien du tout. Et je ne quitte pas mes écrans des yeux.

Tremblant de tout son corps, Rachel ne pouvait détourner les yeux de la vision d'horreur qui s'offrait à elle. Le flanc de l'iceberg venait de se fissurer. Un long bras blanc et décharné en sortit d'abord, puis une femme tout entière, plantée sur des pattes de lézard, s'insinua hors de la brèche dans un torrent de vapeur blanche. Armée d'un bouclier et d'une longue spathe ébréchée par mille combats, une couronne aux pointes acérées surmontait son crâne chauve. Elle abaissa sur Rachel un regard chargé d'une convoitise malfaisante. Ses oripeaux putrides balayèrent le sol tandis qu'elle se dressait de toute sa hauteur, silhouette aberrante dans les demi-ténèbres.

Un frisson de peur parcourut l'assistance soudain silencieuse. Combien de ceux qui se trouvaient ici avaient imaginé à quelle infâme puissance ils avaient voué leurs prières et leur âme ? À présent que la monstruosité était visible, le fanatisme le mieux ancré vacillait et le courage s'évanouissait. Certains fuirent discrètement. Seul Borradaile n'avait pas bougé. Dans un élan passionné, il se rua vers la bête et se prosterna à ses genoux.

– Toi enfin ! s'écria-t-il. Tant de siècles de solitude et te voici ! Tu vas régner, ô ma reine, sur un royaume mille fois plus vaste qu'autrefois...

À la façon dont Arkania le considéra, suintant de cruauté maligne, Rachel se prit même à craindre pour lui. Aveuglé par sa folle idolâtrie, il ne se rendait compte de rien. Il arracha sa cagoule.

– Te souviens-tu de nos nuits ? De nos banquets sur les monts couverts de neige ? Des sacrifices sur les pierres plates...

D'un revers d'épée, la créature l'écarta de sa route. Borradaile roula au pied de la paroi. Du sang coulait de son épaule. Bien que blessé, il trouva pourtant la force de se redresser.

– Je suis Hakan ! s'époumona-t-il. Reconnais-moi ! Je suis Hakan...

Mais Arkania se désintéressait déjà de lui et s'avançait au milieu du parvis, projetant une ombre inquiétante sur les parois blanches. Elle pencha vers Rachel son visage exsangue, en forme de croissant de lune. À la vue de cette bouche aux lèvres inexistantes, garnie de petits crocs aigus, la jeune femme étouffa un gémissement.

Fou de dépit, Borradaile actionna un bouton secret dans la paroi et disparut. Plusieurs de ses affidés tentèrent de le suivre, mais déjà le passage se refermait, les livrant à la furie du monstre. Insouciant de leur sort, le magnat se rua vers un ascenseur, puisant de l'oxygène dans son masque.

Il déboucha hagard dans son bureau et dut s'appuyer à sa table pour tenter de mettre de l'ordre dans ses idées.

– Pas terrible, le costume...

Borradaile fit volte-face. À la vue de la longue silhouette qui s'avançait dans la pénombre, il émit un drôle de couinement.

– Vous ? Comment êtes-vous entré ?

Il recula. Avec une rapidité dont on ne l'aurait pas supposé capable, il bondit sur le tableau de commande et déclencha l'ouverture de la trappe. Happé par le vide, Graymes battit des bras et disparut. Borradaile laissa échapper un rire fou et se précipita pour s'assurer qu'il avait réussi son coup. Il se pencha au-dessus du précipice. Seules les franges écumantes du ressac peignaient le socle de la falaise.

– Pauvre idiot ! soliloqua-t-il. On ne me défie pas deux fois au siège même de mon pouvoir...

Il actionnait la fermeture de la trappe lorsqu'un fracas assourdissant de vitre brisée éclata dans son dos. À travers les débris de verre, une silhouette noire fondit sur lui. Avant qu'il ait pu esquisser le moindre geste de défense, une poigne de fer le saisit par le col et le souleva de terre. Il battit pitoyablement bras et jambes. Graymes n'était plus qu'une ombre où brillaient deux yeux étincelants.

– Arrgh ! Ne me touchez pas... avec vos mains sales !

– Où est Rachel ?

– Non ! Elle est promise à la reine et vous n'empêcherez rien !

– Crois-tu, pauvre naïf, que cette chose que tu appelles ta reine te donnera l'éternité ? Avant que tu n'aies ouvert la bouche, elle te brisera les os et fera de ta dépouille l'ornement de son trône. Si par malheur elle est déjà libre...

– Elle EST libre ! geignit le nabot. J'ai ôté toutes les protections. Elle est libre et régnera. Quoi qu'il advienne.

Graymes resserra encore sa prise. Borradaile toussota à demi asphyxié.

– C'est ton dernier chant, vilain barde. Tu es mort pour le monde...

Avec une force extraordinaire, il projeta Borradaile par la verrière béante, tel un répugnant paquet. Longtemps le hurlement suraigu emplit la nuit, avant de se diluer dans le ressac.

Suivant son instinct, Graymes descendit un lacis d'escaliers grillagés. Par endroits, des canalisations serpentines laissaient échapper des bouffées de vapeur blanche et glacée. À mesure qu'il s'enfonçait dans les entrailles de l'Institut, le froid devenait plus vif. Depuis quelques instants, l'onde maléfique avait décuplé et se propageait partout. Négligeant l'ascenseur, le démonologue se glissa le long d'une colonne métallique.

Il atterrit à l'instant même où un groupe

de moines faisait irruption. Graymes s'apprêtait à se défendre, mais aucun d'eux ne lui prêta attention. C'était le sauve-qui-peut. Le démonologue sut qu'il était trop tard, que la Reine Froide s'était libérée de sa prison. Il écarta vigoureusement les fuyards de sa route et se rua vers la lourde porte ogivale…

Rachel sentait déjà l'haleine fétide de la Reine courir sur son visage lorsque les flammes vacillèrent, projetant de longues ombres dont parut soudain jaillir une silhouette décharnée aux yeux luisants. À sa vue, Arkania recula d'un pas. Ebenezer Graymes s'avança dans le faible cercle de lumière et tendit deux doigts joints vers elle.

– Thulé n'est plus, dit-il. Le règne de Wotan s'est achevé. Tu n'es qu'une survivance inutile, rappelée par un fou. *Ors shalin erath !*

À ces mots, la reine fut parcourue d'un frémissement. Puis elle éclata d'un rire fou et replongea dans le sol. Sans perdre un instant, Graymes abattit son épée sur les chaînes qui retenaient la journaliste prisonnière. Incapable de tenir debout tant elle était frigorifiée, elle s'effondra ; il dut la soulever de terre et la porter lui-même à l'écart, au pied des marches. Il la recouvrit de son manteau. Elle avait le visage bleui et claquait des dents. Il dessina un symbole sur son front, sous les mèches mouillées, et répéta une formule magique, espérant qu'elle agirait avant que le cœur ne lâche...

Puis se redressant lentement, il scruta l'édifice jusqu'au sommet de sa tour déchiquetée. Il prit une profonde inspiration. Il pouvait sentir l'onde maléfique. Elle semblait aspirer toutes choses alentour. La Reine guettait quelque part, dissimulée dans ces entrailles de glace. Il gravit le seuil du palais, s'aventura jusqu'à l'intérieur. Là, des escaliers de cristal tissaient en altitude une toile arachnéenne. Avec l'agilité d'un funambule, Graymes gravit ces passerelles étincelantes et déboucha sur un chemin de ronde.

Le silence devenait pesant, seulement troublé par un goutte-à-goutte lancinant. L'occultiste sentait la présence se rapprocher, sans qu'il lui fût loisible de distinguer quoi que ce soit. Il tourna la tête en tous sens. Une fraction de seconde avant que l'attaque se déclenche, il comprit... et n'eut que le temps de se jeter de côté.

Une main crochue jaillit du sol, manquant de peu le saisir. Graymes réagit aussitôt.

Saisissant Shör-Gavan à deux mains, il transperça la glace à plusieurs reprises autour de lui. En vain. La créature semblait se déplacer à sa guise dans les profondeurs de cette banquise reconstituée.

Libre.

Tous les sens aux aguets, Graymes attendit, le souffle court. Il s'écoula d'interminables secondes à l'issue desquelles un craquement se fit entendre au-dessus de sa tête. Un pan de muraille s'écroulait. Il n'eut que le temps de se jeter dans le vide. Seul un réflexe inouï lui permit de se raccrocher d'une main à un promontoire angulaire. D'un subtil balancement du corps, il parvint à se rétablir. Ce fut l'instant choisi par Arkania pour surgir devant lui et le saisir à la gorge. Sous la violence de l'attaque, il laissa échapper son arme et dut joindre ses deux mains pour empêcher que la prise ne lui brise la nuque. Quelle que fût sa force, il ne pouvait rivaliser avec ce démon femelle.

Mais sans doute trop sûre d'elle, elle se contenta de l'envoyer bouler à plusieurs mètres de là. Le démonologue heurta un mur, mais déjà se redressait. Il marmonna une imprécation. L'épée plantée dans le sol frémit, et, se libérant, traversa les airs pour se reloger dans sa main.

Arkania dut comprendre qu'elle avait

mésestimé son adversaire car cette fois elle bondit l'épée haute. Les deux lames s'entrechoquèrent avec une violence inouïe. Graymes contint l'assaut, redoubla ses parades, mais chaque impact le repoussait. Tout en se défendant avec acharnement, il fut bientôt contraint de grimper à reculons vers le sommet de la tour.

En équilibre sur le piton, les deux duellistes se livrèrent à une joute féroce, acharnée. La créature cisailla l'air de sa longue spathe, entaillant le bras de l'occultiste. Celui-ci grimaça de douleur, perdit encore du terrain. Arkania déployait des trésors d'ingéniosité, de perversité même dans ses attaques, comme si elle n'avait cessé de revivre en rêve ces affrontements du temps jadis.

Acculé à l'extrémité du surplomb, Graymes sentait le sol fuir sous ses pieds. En bas, la salle parut vaciller. Il trouva la force de parer encore et encore, assisté par le pouvoir de son arme elfique. Une estafilade sillonna son cou, qui lui fit serrer les dents. Un instant, il se déconcentra. Un coup sec sur son poignet l'obligea à lâcher sa lame, dont il fut aussitôt éloigné d'un ample moulinet. À nouveau, il chercha à la reconquérir en l'appelant... mais cette fois, Arkania posa le pied dessus et l'enfonça dans la glace, ce qui souleva un jet de vapeur.

Lentement, savourant l'instant du triomphe, elle s'avança vers sa proie. Graymes sut qu'il ne lui restait qu'une maigre chance de survie. Avisant une corniche quelques mètres plus bas, il s'élança dans les airs. Il ne dut qu'à son agilité surnaturelle de ne pas se briser les os. Il roula durement, glissa à moitié dans le vide. Il se retint in extremis en déclenchant d'un mot les ergots de son gant droit, qu'il cramponna sèchement dans la glace. Une fraction de seconde, une ombre voila son champ de vision. Il n'eut que le temps de rouler sur lui-même. Arkania avait bondi à son tour et fiché la pointe de son épée à l'endroit précis qu'il venait d'abandonner.

Mais la hargne de son coup la déporta trop en avant. Elle tituba. Saisissant l'occasion, Graymes lança ses jambes en avant et acheva de la déséquilibrer. Juste avant de basculer dans le gouffre, elle parvint à planter ses ongles acérés dans le glacier. Graymes se jeta sur elle avec la vivacité d'un cobra. Tirant la longue mèche de cheveux, il la noua autour de son cou. L'affreuse gargouille émit un borborygme strident. Elle se débattit furieusement, cherchant à griffer son adversaire. Assurant solidement ses appuis, Graymes tint bon et resserra encore l'étau.

– C'est ta propre vie qui t'étouffe, harpie !

Arkania laissa échapper un long cri. Ses mouvements se firent plus saccadés. Son corps se rigidifia. Enfin elle resta suspendue, inerte. L'infâme vie qui l'avait habitée avait fui, vaincue par l'exorcisme. Épuisé, Graymes put enfin lâcher prise. Le corps inerte de la Reine Froide tomba et, tout en bas, sur les arêtes vives, se brisa en milliers de fragments, comme autant d'étoiles aveuglantes.

Un éclair traversa les vapeurs délétères.

Graymes referma ses doigts sur la garde de son épée.

ÉPILOGUE

Quand Rachel s'éveilla, elle tenait encore son verre de whisky. Les glaçons formaient une petite mare jaunâtre. Elle réprima un haut-le-cœur. Elle n'aurait jamais dû boire autant. Elle rassembla ses souvenirs. Pourquoi diable avait-elle vidé cette bouteille ? Curieusement, elle avait oublié. Elle se rappelait son escapade sur les quais, l'iceberg... Mais à partir de là, c'était comme un voile dont elle ne parvenait pas à soulever le coin.

Elle jeta un œil par la vitre. Un soleil bas tissait des fils d'or entre les arbres du parc voisin. Des enfants chahutaient autour d'un bonhomme de neige. Le gel accumulé sur la vitre donnait au monde du dehors l'aspect d'un kaléidoscope. La jeune journaliste s'ébroua. Il lui fallait une douche brûlante, un café chaud. Elle grelottait. D'une démarche hésitante, elle passa à la salle de bains. Quand elle en ressortit quelques minutes plus tard en séchant ses cheveux dans une serviette, le répondeur se déclencha et la voix de Chris claironna :

– Oublie tout ce que je t'ai dit ! Je te ferai un contrat en or. Une proposition que tu ne pourras pas refuser. On peut en discuter ce soir. Tu n'as pas oublié notre rendez-vous, hein ?

Rachel haussa les épaules.

– Quel méchant con !

Elle filait déjà dans la cuisine lorsque le bip de l'interphone la figea. Quelque chose la poussa à décrocher le combiné.

– Oui ?

– Ici Eben... Le professeur Graymes. Je suis en bas... Auriez-vous la bonté de... Puis-je monter ?

Rachel se moqua :

– Évidemment. Dois-je vous attendre à la porte ou sur la terrasse ?

– Encore trop jour. La porte.

Elle raccrocha. Graymes toqua un instant plus tard. Elle le fit entrer sans cérémonie, tout en continuant de lisser ses cheveux. Non sans remarquer :

– Vous avez l'air dans un drôle d'état... On dirait un déterré !

– Mauvaise nuit...

Elle fit un geste vague à l'intention du désordre qui régnait dans son appartement.

– Désolé, je ne suis pas une femme d'intérieur, prévint-elle. Un verre ?

– Non, merci.

Elle se raidit.

– Comment connaissez-vous mon adresse ?

– C'est vous qui me l'avez donnée...

Elle sentit un tremblement s'emparer de sa personne, qu'elle n'arrivait pas à maîtriser. Une vision horrible passa devant ses yeux le temps d'un flash.

– Vous allez rire... Je ne me rappelle pas du tout ce qui s'est passé la nuit dernière. J'ai l'impression d'avoir perdu la mémoire. Je devrais voir un docteur, non ?

– Cela vous reviendra dans quelques temps, n'ayez aucune crainte, assura le démonologue.

– Qu'est-ce que vous en savez ?

– Une impression.

Elle le dévisagea, interloquée.

– Je sais que vous étiez là. Je vous voyais tout près... Dites, je ne vous ai pas fait d'avances au moins ?

Graymes parut embarrassé.

– Si c'en était, je ne l'ai pas remarqué.

Rachel avisa soudain la longue estafilade qui courait le long de sa mâchoire.

– Mais vous êtes blessé ! Attendez un instant...

Avant qu'il ait pu la retenir, elle courait chercher la trousse de première urgence. Comme elle s'approchait de lui avec un coton imbibé d'alcool, il grimaça et lui prit la main.

– Inutile, je vous assure. Juste une égratignure.

– Ne me dites pas que vous êtes douillet ?

Passant outre son interdiction, elle défit le premier bouton de sa chemise à col cassé et tamponna la blessure. Tournant les yeux, il parut se désintéresser des soins qu'elle lui prodiguait. Elle se demanda soudain si par hasard, c'était moins le picotement de l'alcool que le contact de sa main qu'il redoutait.

– Vous n'avez pas l'air très familiarisé avec les gens. Sauf quand il s'agit de les tuer.

Un sourire ambigu se peignit sur ses lèvres sévères. Rachel s'en voulut de trouver un certain charme à ce sourire-là.

– Vous devriez peut-être vous civiliser. Sortir davantage.

– Merci. Avez-vous terminé ?

– Pas encore. J'adore faire souffrir... Vous êtes le type le plus bizarre que j'aie jamais connu. Que se passerait-il, croyez-vous, si le grand public était informé des luttes sourdes entre magiciens qui se déroulent dans cette ville après la tombée de la nuit ?

Elle jeta le coton maculé de sang. Graymes la saisit par les poignets et l'attira contre elle. Elle put sentir sa musculature rugueuse, et aussi la froideur de sa peau. Ses yeux plongèrent dans les siens, pénétrants telles des lames de rasoir. Elle frissonna. Elle se demanda s'il allait l'embrasser. Cela ne lui aurait pas déplu. Mais au lieu de cela, il murmura à son oreille.

– Oubliez-moi, Rachel. Je ne suis rien qu'une ombre, je vous assure. Même sur une photo.

Il relâcha doucement son étreinte. Sans rien ajouter, il prit congé, ramassant au passage son grand feutre noir. Rachel resta à la même place un long moment. Comme étourdie. Dès qu'elle recouvra sa lucidité, elle courut à la fenêtre. Juste à temps pour voir le démonologue contourner le bonhomme de neige et se fondre dans le crépuscule.

Ombre parmi les ombres.

L'AUTEUR

Michel Honaker est né en 1958 à Mont-de-Marsan dans les Landes. Très tôt, il consacre beaucoup d'efforts à détourner ses cahiers de classe du droit chemin en les truffant de textes ayant peu de rapports avec les équations ou la trigonométrie, auxquelles il vouera toujours une farouche aversion.
Avec un stylo oublié par un oncle vampire, il se lance dans le fantastique sulfureux et écrit une trentaine d'ouvrages consacrés au genre par des voies aussi détournées que le thriller ou la SF. À l'heure actuelle ce dangereux maniaque d'opéra et de musique classique est activement recherché pour détournement de lecteurs sages.

COLLECTION

Cascade

CASCADE POLICIER

AGATHE EN FLAGRANT DÉLIRE
Sarah Cohen-Scali.

À L'HEURE DES CHIENS
Évelyne Brisou-Pellen.

ALLÔ ! ICI LE TUEUR
Jay Bennett.

L'ASSASSIN CRÈVE L'ÉCRAN
Michel Grimaud.

L'ASSASSIN EST UN FANTÔME
François Charles.

LE CADAVRE FAIT LE MORT
Boileau-Narcejac.

LE CHARTREUX DE PAM
Lorris Murail.

LE CHAUVE ÉTAIT DE MÈCHE
Roger Judenne.

COUP DE BLUES POUR DAN MARTIN
Lorris Murail.

COUPS DE THÉÂTRE
Christian Grenier.

DES CRIMES COMME CI COMME CHAT
Jean-Paul Nozière.

CROISIÈRE EN MEURTRE MAJEUR
Michel Honaker.

DANS LA GUEULE DU LOUP
Boileau-Narcejac.

LE DÉTECTIVE DE MINUIT
Jean Alessandrini.

DRAME DE CŒUR
Yves-Marie Clément.

DRÔLES DE VACANCES POUR L'INSPECTEUR
Michel Grimaud.

UNE ÉTRANGE DISPARITION
Boileau-Narcejac.

HARLEM BLUES
Walter Dean Myers.

L'HÔTEL MAUDIT
Alain Surget.

L'IMPASSE DU CRIME
Jay Bennett.

COLLECTION

Cascade

LE LABYRINTHE
DES CAUCHEMARS
Jean Alessandrini.

LA MALÉDICTION DE CHÉOPS
Jean Alessandrini.

MICMAC AUX MILLE ET UNE
NUITS
Paul Thiès.

LE MYSTÈRE CARLA
Gérard Moncomble.

NE TE RETOURNE PAS
Lois Duncan.

L'OMBRE DE LA PIEUVRE
Huguette Pérol.

OMBRES NOIRES POUR
NOËL ROUGE
Sarah Cohen-Scali.

ON NE BADINE PAS AVEC
LES TUEURS
Catherine Missonnier.

PAS DE QUOI RIRE !
Jean Alessandrini.

PIÈGES ET SORTILÈGES
Catherine Missonnier.

POURSUITE FATALE
Andrew Taylor.

RÈGLEMENT DE COMPTES EN
MORTE-SAISON
Michel Grimaud.

SIGNÉ VENDREDI 13
Paul Thiès.

LA SORCIÈRE DE MIDI
Michel Honaker.

SOUVIENS-TOI DE TITUS
Jean-Paul Nozière.

UN TUEUR À LA FENÊTRE
Stéphane Daniel.

LE TUEUR MÈNE LE BAL
Hervé Fontanières.

LE VAMPIRE CONTRE-ATTAQUE
Hervé Fontanières.

LES VISITEURS D'OUTRE-TOMBE
Stéphane Daniel.

LES VOLEURS DE SECRETS
Olivier Lécrivain.

COLLECTION
Cascade

CASCADE PLURIEL

COLLECTION **Cascade**

LES ANNÉES COLLÈGE

BLT ou L'ÉTÉ BASKET
Catherine Dunphy.

CAROLINE ou L'AMOUR EN VERT
Catherine Dunphy.

JOEY ou LES COPAINS D'ABORD
Kathryn Ellis.

LUCY ou RÊVES INTERDITS
Nazneen Sadiq.

MÉLANIE ou LE JOURNAL D'UNE QUATRIÈME
Susin Nielsen.

SPIKE ou POURQUOI MOI ?
Loretta Castellarin.
Ken Roberts.

WHEELS ou PERSONNE À QUI PARLER
Susin Nielsen.

COLLECTION
Cascade

CASCADE MUSIQUE

Jean-Sébastien Bach
ou
LA CANTATE DES ANGES
Michel Honaker.

Frédéric Chopin
ou
NOCTURNE POUR UNE PASSION
Michel Honaker.

Ludwig van Beethoven
ou
LA SYMPHONIE DU DESTIN
Michel Honaker.

Achevé d'imprimer en octobre 1996
sur les presses de l'Imprimerie Hérissey
à Évreux (Eure)
Dépôt légal : octobre 1996
N° d'édition : 2805 – N° d'imprimeur : 74830